붉은 애무

CARESSE DE ROUGE
by Éric Fottorino

이 도서의 국립중앙도서관 출판예정도서목록(CIP)은
서지정보유통지원시스템 홈페이지(http://seoji.nl.go.kr)와
국가자료공동목록시스템(http://www.nl.go.kr/kolisnet)에서 이용하실 수 있습니다.
(CIP제어번호: CIP2019015634)

붉은 애무

Caresse de rouge

Éric Fottorino
에릭 포토리노
장편소설

이상해
옮김

문학동네

일러두기

1. 주석은 모두 옮긴이주다.
2. 본문 중 고딕체는 원서에서 이탤릭체나 대문자로 강조한 부분이다.

엘자를 위해

친애하는 한국 독자들에게

『붉은 애무』가 여러분 눈앞에서 마법을 펼치기 위해 언어의 장벽을 넘을 거라는 소식을 접하니 한편으론 설레고 한편으론 두렵기도 합니다. 극에 달한 감정, 광기에 이른 사랑이 늘 그렇듯, 여러분은 분명 충격으로 다가올 이야기를 발견하게 될 것입니다. 저는 이 소설에서 기존 질서에 대한 위반을 얘기하고 싶었습니다. 아버지란 무엇이고, 어머니란 무엇인가, 아버지는 어머니가 될 수 있는가, 될 수 있다면 부드러운 혹은 걷잡을 수 없는 광기에 빠져들지 않은 채 과연 어디까지……

아무쪼록 붉은색을 바탕으로 좋은 애무가 되기를……

에릭 포토리노

차례

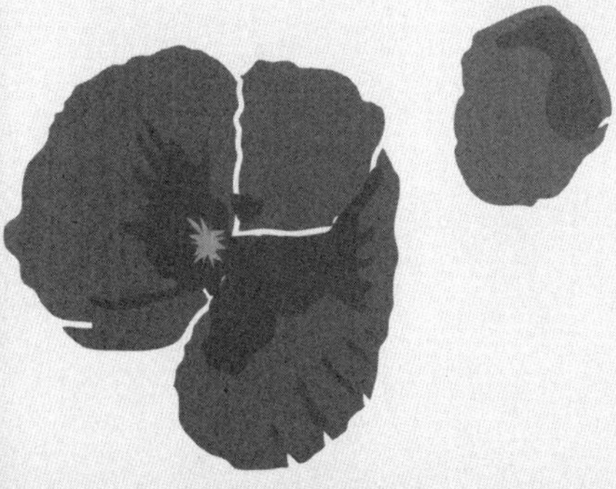

1
그날 아침 일찍

그날 아침 일찍 사무실 전화벨이 울렸다. 사무실은 아직 텅 비어 있었다. 나는 이렇게 이른 시각에 나에게 전화를 걸 만한 사람이 누가 있을까 생각해보았다. 우선 비서 마틸드가 떠올랐다. 그러나 전화기에 뜬 번호는 그녀의 번호가 아니었다. 나는 전화를 받지 않고 망설였다. 어쩌면 사무실이 벌집으로 변하기 전에 고요의 순간을 좀더 즐기고 싶었던 건지도.

고블랭 지점을 이끌게 된 후로 나는 잠시도 쉴 틈이 없다. 아침 여덟시부터 직원들이 업무 진행 상황을 보고하고 지시를 받기 위해 쉴새없이 내 방을 들락거린다. 내가 일하는 거대한 유리방 안으로 끝없는 행렬이 이어진다. 그저 격려나 충고 한마디가 필요한 직원들도 있다. 나는 신속히 대응하고, 결단을 내리고, 적절히 업무를 편성해야 한다. 주의깊게 귀를 기울이기도 해야 한다. 보험은 많은 시간과 노력을 들여야 하는 업종이다. 끊임없이 고객들의 비위를 맞추고, 위험이 전혀 없을 것 같더라도 혹시 발생할지 모르는 사고에 대비해야 한다며 그들을 설득해야 한다. 회사에 보관된 자료들을 보면, 뜻밖의 자연재해나 인재로 인해 끔찍한 결과가 초래된 사적인 피해 사례들이 무수히 많다.

사람들은 우리를 집달리나 장의사를 보듯, 그들을 대할 때보다 조금 더 호의적일 뿐 별반 다르지 않은 시선으로 우리를 바라본다. 우리 직원들도 알고 있다. 그래서 나는 가입자에게 불행이 닥치면 직원들이 직접 현장으로 달려가 곁에 있어주길 기대한다. 여기서 말하는 불행이란 누수 피해나 차가 좀 찌그러지는 정도가 아니다. 길거리에 나앉거나 휠체어 신세를 면치 못하는 사고들이다. 나는 우리의 일이 보험금 지급에만 한정되지는 않는다고 생각한다. 요즘엔 너무나 많은 기관들이 이재민을 지원한답시고 비인간적이고 냉담한 우편물이나 이메일 한 통만 달랑 보낼 뿐이다.

내가 직접 고객 관리를 하던 시절, 나는 내 '서류철' 속 300명이 넘는 사람들의 얼굴을 모두 알고 있었다. 그래서 중개인으로 뛰는 직원이 종합보험 신규 가입 건을 알려오면, 나는 가입자의 나이와 직업을 꼭 물어본다. 자식은 몇인지, 장래 계획은 무엇인지, 언제 또 만날 예정인지도 체크한다. 다른 보험상품에도 가입하도록 꼬드기려는 게 아니라, 단지 가입자와 특별한 관계를 맺기 위해서다. 가끔 몇몇 직원들은 나의 까다로운 요구에 놀랍다는 반응을 보일 때도 있다. 나는 그런 직원들은 오래 데리고 있지 않는다. 실적에 목을 매는 직원들이 앞다퉈 모여들 만큼 그룹은 파리에서 확고하게 자리를 잡았으니까. 나는 실적 제일주의를 지양한다. 그보다는 우리를 신뢰하는 사람들을 성심껏 대하고 싶다. 그들에게 마치 가족 같은 든든한 느낌을 주고 싶다. '가입은 곧 안심', 이것이 우리가 내건 슬로건이다. 맘에 쏙 드는 말이다. 힘이 닿는 한, 나는 다른 이들을 안심시켜주고 싶다.

나를 처음 만난 신입사원들은 내 방을 나서면서 자본주의 전사이자 수도자를 만났다고 생각할 것이다. 나의 벗어진 머리와 후줄근한 복장도 직원들 사이에 퍼진 그 이미지에 크게 한몫을 한다. 아무렴 어떠랴. 나는 오히려 만족한다. 우리 지점이 잘 돌아가는 한 내 목이 날아갈 위험은 없으니까. 회사가 작은 만큼 더 견실하고, 한 사람 한 사람의 목소리에 귀기울여주어야 한다고 생각하던 지난 시절을 떠올리는 내 방식을 본사에서 문제삼은 적은 한 번도 없었다.

긴 세월 동안 고객들과 쌓아올린 돈독한 관계 덕에 우리는 레알이나 바티뇰 같은 구시가지 외에도 상당수의 건물을 관리하고 있다. 1976년에 자기 손으로 직접 고블랭 지점을 열었던 피에르 빌미안의 뒤를 이어 내가 점장 자리에 오른 건 이 년 전이다. 취임 파티 전, 지금도 전화벨이 계속 울리고 있는 이 널찍한 유리방에서 그가 나에게 말했다. "여보게, 펠릭스, 자네가 올해 서른여덟이지, 우리가 여기 처음 자리를 잡았을 때 내 나이가 대략 그 정도였어. 난 자넬 전적으로 신뢰하네. 하지만 내 마지막 충고를 명심하게. 우리 업계에서는 조심하는 만큼 수익이 난다는 사실을 절대 잊지 말게. 풀린 실밥 하나 방치했다가 외투 한 벌이 통째로 눈앞에서 사라져버릴 수 있단 말이네. 회계 업무, 업무 분야 간 보험증권 분배, 위험부담 정도를 면밀히 살피는 건 이제 자네 역할일세."

그는 이 몇 마디 말로 내가 그토록 큰 열정을 가지고 매달리던 것, 즉 현장, 사람들, 그들의 삶, 그리고 그들의 삶을 좀더 살 만하게 만들기 위해 작은 소금 알갱이를 뿌려주던 내 일을 이제 다른 사람에게 넘겨줘야 한다는 걸 알려주었다.

전화벨이 다섯번째 울렸을 때, 나는 결국 수화기를 들었다. 한 남자가 넋 나간 목소리로 내게 펠릭스 마레스코가 맞느냐고 물었다. 그렇다는 대답을 들은 다음에야 그는 마음을 놓는 것 같았다. 폴 그룬바흐라고 그가 자신의 이름을 밝혔다. 곧 내 머릿속에 그 장기 가입자의 모습, 영국 노신사 같은 풍채, 그가 소유하고 있는 갈랑드가街의 아름다운 건물이 그려졌다. 삼십 년 전부터 〈로키 호러 픽처 쇼〉를 상영하는 영화관 맞은편의 그 건물. 소르본대학에서 법학을 공부하던 시절, 나는 그 영화관을 자주 드나들었다.

노인은 제정신이 아니었다. 단어들이 입안에서 뒤엉켜 무슨 말인지 통 알아들을 수가 없었다. 어쨌거나 재난, 사방에 불, 잔이라는 여자, 촛불, 아이들에 관한 얘기였다. 나는 일부러 천천히 말을 했다. 그는 곧 안정을 되찾았고, 나에게 와줄 수 있느냐고 물었다.

나는 부하 직원 로날드에게 메모를 남기고 생마르셀대로의 택시승강장으로 달려갔다. 나는 삼 개월 전부터 파리 시내 운전을 그만뒀다. 담배도 끊었다. 십 분 후, 택시 기사는 생자크가 길 끝에 나를 데려다주었다. 소방차 여러 대, 그리고 구급차와 경찰차가 길을 막고 있었다. 갈랑드가 초입은 통행이 통제되고 있었다. 나는 택시비를 지불하고 걸어서 현장으로 다가갔다.

건물 사층의 창문 하나에서 아직 시뻘건 불길이 치솟고 있었고, 건물 전면은 지붕까지 시커멓게 그을려 있었다. 포장도로에는 인근 센강이 범람이라도 한 것처럼 물이 넘쳐났다. 나는 고무호스를 타고 화염을 향해 뿜어졌을 수백 리터의 물을 상상했다. 아름다운 하루가 될 것 같았다. 하늘은 구름 한 점 없이 푸르렀다. 해변에서나 볼 수 있는 드넓은 하늘이었다. 올 6월은 화창할 것 같았다. 건물 양편으로 구경꾼이 몰려드는 바람에 경찰은 접근을 막기 위해 붉은색 긴 띠를 쳐놓았다. 실내용 가운 차림의 여자 하나가 자기 집 문 앞에 서서 사상자가 있는지 물었다. 사정을 잘 알고 있는 듯한 이웃집 여자가 거주자들은 집에 없었다고 말해주었다.

나는 사람들을 헤치고 그룬바흐에게 다가갔다. 그는 소방용 물탱크차 앞에 서 있었다. 경찰관 하나가 막아섰다. 나는 건물 담당 보험회사에서 나왔다고 말하고는 신분증을 꺼내 보여주었다. 그가 놀란 눈으로 빤히 쳐다보더니 지나가라고 손짓을 했다. 그룬바흐는 뜬눈으로 밤을 새운 사람처럼 초췌해 보였다. 지점장으로 승진한 이후 그와는 첫 대면이었다. 그의 건물은 우수 직원 중 하나인 에릭 샤브르리 담당이었다. 그룬바흐는 내 직통 번호를 갖고 있었다. 심각한 재난을 마주한 그는 그가 친구라고 생각하는 누군가에게 일을 부탁하고 싶었을 것이다.

나는 그의 손을 꼭 감싸쥐었다. 그는 와줘서 고맙다고 했다. 피해는 분명 막대할 터였다. 그러나 그는 세입자를 가장 걱정했다. 그가 힘없는 목소리로 말했다. "잔은, 잔은……" 그를 안심시킬 요량으로 나는 이웃집 여자에게 들은 얘기를 전해주었다. 그가 고개를 저었다. 증언은 엇갈렸다. 어떤 이들은 그 집 세입자 여자가 반쯤 벌거벗은 채 건물에서 뛰쳐나와 혼자 센강 쪽으로 가는 걸 봤다고 했고, 다른 이들은 그녀가 그녀의 아들, 일고여덟 살 정도 된 사내아이를 데리고 있었다고 주장했다. 하지만 아직 아무도 발견되지는 않았다.

나는 소방관들이 집안으로 진입할 수 있었는지 물었다. "딱 한 사람이 들어갔었지요." 그룬바흐가 말했다. "그런데 자욱한 연기 때문에 금방 도로 나오고 말았다오. 그을음을 시커멓게 뒤집어쓰고서." 건물 소유주인 그는 걱정스러울 정도로 창백했다. 나는 그를 진정시키기 위해 화재 현장에 함께 가주겠다고 약속했다. 화덕 아가리처럼 변해버린 건물 전면을 널름거리던 불길은 이제 사그라들고 없었다. 경찰은 구경꾼들을 해산시키려고 애쓰고 있었다. 관광객을 가득 실은 버스들 역시 예기치 못한 그 광경이 노트르담 관광 코스에 덤으로 제공되는 구경거리라도 되는 양 그 작은 거리 앞에서 시동을 끄고 멈춰 서 있었다.

아홉시경, 소방대장이 우리에게 따라오라고 손짓을 했다. 화재는 완전히 진압된 상태였다. 그룬바흐의 표정을 보니 그는 내가 앞장서주길 바라는 것 같았다. 각자 손수건을 꺼냈다. 재로 가득한 계단통은 숨을 못 쉴 정도로 공기가 탁했다. 시커멓게 타버린 집 현관문은 열려 있었다. 우리는 안으로 들어선 후 문을 닫았다.

타지 않고 남은 것들은 온통 물에 잠겨버린 방 두 칸짜리 아파트 안에 성당 기도실 같은 고요가 흘렀다. 벽지는 녹아내렸고, 가구들은 형태를 알아볼 수 없는 지경이었다. 건물 안뜰 쪽으로 면한 부엌만 그런대로 멀쩡한 편이었다. 소방대장이 집안에는 아무도 없었다고 확인해주었다. 그룬바흐는 잔과 그녀의 아들이 어디로 사라진 것인지, 화재는 어쩌다 발생한 것인지 자문했다.

소방대장과 그룬바흐가 얘기를 나누는 동안, 나는 의례적인 확인 절차를 위해 작은 수첩과 사인펜을 꺼냈다. 그리고 거실만큼 새카맣게 타버린, 아마 침실로 쓰였을 옆방으로 갔다. 바로 전날만 해도 누군가 이곳에서 평화로운 삶을 영위하고, 일상의 행위들을 하고, 텔레비전을 보거나 창밖으로 몸을 내밀어 저녁 공기를 들이마셨을 거라고 상상하기 쉽지 않았다. 방 한구석, 금속 뼈대밖에 남지 않은 소파 침대 옆의 반짝이는 물건에 눈길이 가닿았다. 가까이 다가가서야 그것이 책장이 무너지면서 바닥에 떨어진 나무 액자라는 걸 알 수 있었다. 유리는 깨져 여기저기 흩어져 있었다. 그 아래로, 윗부분이 타버린 사진 한 장이 보였다. 사진 속에는 허공을 응시하는, 지금은 시커먼 얼룩이 생긴 부분을 바라보는 사내아이의 옆모습만 남아 있었다. 아이 곁, 아이의 엄마로 보이는 여자의 모습에서 알아볼 수 있는 건 곱슬곱슬한 머리카락과 환한 미소, 오로지 미소뿐이었다.

나는 액자를 침대등을 놓아두는 벽감에 올려놓고 계속 확인해 나갔다. 그룬바흐와 소방대장이 침실로 건너왔다. "아마 누전이었을 겁니다." 소방대장이 말했다. "아니면 촛불이 커튼에 옮겨 붙었거나요." 결론을 내리기에는 아직 일렀다. 그룬바흐가 탄식하며 연거푸 말했다. "전쟁이라도 난 것 같아."

나는 부엌으로 갔다. 물살에 쓸려 문 아래 틈으로 새어든 재가 바닥에 넓고 거뭇거뭇한 자국을 그려놓았다. 하지만 타일 벽은 비교적 깨끗했다. 스펀지로 한 번만 문지르면 다시 말끔해질 듯했다. 붙박이장 속에는 간편 요리 책들과 재미있는 모양의 디저트, 바나나 스플릿, 코코넛 머랭쿠키, 시럽을 뿌린 슬러시 만드는 법 등이 나온 컬러 사진책들이 쌓여 있었다. 나는 무작위로 책을 한 권 집어들었다. 책장 사이에는 둥글둥글한 아이 글씨로, 아니면 아이가 읽을 수 있도록 또박또박 쓴 어른의 글씨로 가족만의 요리법이 적힌 종이가 스테이플러로 물려 있었다. 책 옆에는 자그마한 파이 틀이 나란히 놓여 있었고, 몇 가지 유용한 제빵 도구들, 거품기, 나무 주걱, 핸드블렌더, 가장자리에 물결 모양이 난 오븐용 그릇들이 재난과는 전혀 상관이 없다는 듯 가지런히 정돈되어 있었다.

그룬바흐의 목소리가 들려왔다. "하나마나 한 소리일는지 모르지만, 커튼이 늘어뜨려진 창가 바닥의 모켓 위에 촛농자국이 아주 많아요. 잔이 조심하지 않았나봅니다." 나는 그에게 그 여자를 잘 아느냐고 물어보았다. 잔은 그의 친구의 딸이었다. 지난해 혼자가 된 잔은 아들과 단둘이 살았다. 잔이 월세를 밀려도 그는 눈감아주었다. 그녀는 연이어 닥친 불행들을 감당하지 못해 우울증에 시달렸고, 안정적인 직업도 없었다. 올가을 그는 친구인 잔의 엄마와 함께 이곳에 찾아온 적이 있었다. 집안은 촛불로 밝혀져 있었고, 전혀 온기가 없었다. 집을 나선 후에 잔의 엄마는 딸이 전기요금을 못 내고 있다고 그에게 털어놓았었다. 그가 한숨을 쉬며 말했다. "내장재가 모두 나무인데 곳곳에 초를 켜놨으니……"

소방대장은 먼저 내려갔고, 우리는 조금 더 머물렀다. 벽을 타고 시커먼 물이 흘러내렸다. "정말이지 전쟁이라도 난 것 같아요." 그룬바흐가 탄식하듯 말하고는 층계를 내려가기 시작했다. 나는 조만간 혼자 다시 와봐야겠다고 생각하며 그를 따라나섰다.

2
사무실에서는 하루가

사무실에서는 하루가 평화롭게 흘러갔다. 나는 에릭 샤브르리에게 갈랑드가 화재 건은 내가 맡았다고 알려주었다. 그는 놀란 듯 보였지만 이유를 캐묻지는 않았다. 나는 그룬바흐가 아침 일찍 내 자리로 전화를 걸었고, 그와는 아주 오래전부터 아는 사이라고 말해주었다. 그에게 설명하는 동안, 불에 탄 사진의 이미지가 계속 떠올랐다. 엄마의 얼굴 없는 미소를 바라보는 아이의 이미지가. 오후 여섯시, 나는 녹음기에 문서화할 서신 두 통을 녹음해둔 후에 평소와 다름없이 퇴근했다. 두 딸을 데리러 학교로 가야 하는 마틸드는 이미 퇴근하고 없었다.

생마르셀대로, 나는 줄지어 서서 손님을 기다리는 택시들 가운데 맨 앞에 있는 택시에 올라타고는 갈랑드가로 가자고 했다. 화재 현장에 있던 소방차들은 배수로와 포석 틈으로 서서히 스며드는 퍼런 기름 웅덩이 몇 개를 남겨둔 채 사라지고 없었다. 사층에 도착해서야 불이 난 아파트 문이 잠겨 있다는 사실을 알게 되었다. 체중을 실어 손잡이를 억지로 돌려보았다. 허사였다. 관리실로 내려가보기로 했다. 관리실에는 불이 켜져 있었다. 유리창을 가볍게 두드리자, 커튼 레이스를 머리에 둘러쓴 것 같은 포메라니안이 고개를 발딱 쳐들었다. 곧 의심이 묻어나는 목소리가 들려왔다. "무슨 일이죠?" 나는 건물 담당 보험회사 직원인데, 피해 사항을 조사하러 왔다고 대답했다. 발 하나가 개를 밀치는가 싶더니, 육십대 여자가 문을 빠끔히 열고는 호기심 어린 눈초리로 내다보았다. 그녀는 나를 금방 알아보았다. "오늘 아침 그룬바흐 씨와 함께 계시지 않았나요?" 나는 그렇다고 대답했다. 그녀는 선뜻 열쇠를 건네주었다. 개가 내 발목에 대고 몸을 비벼댔다. "건물 전체가 홀랑 타버리지 않아 그나마 다행이에요!" 그녀가 열쇠꾸러미를 내밀며 말했다. "근데 가엾은 잔은 어디로 갔을까? 거참, 미스터리야, 미스터리!" 관리인은 화재 당시 잔이 집에 있었다고 생각했다. "잔이 브누아와 함께 들어가는 걸 내가 봤다니까요. 사이가 그리 좋지 않았어요. 서로 끊임없이 들볶아댔거든요. 사실 늘 뿌루퉁한 꼬맹이와 단둘이서 지내는 게 여간 고단하지 않았을 거예요. 저녁마다 잔이 고함을 질러댄다며 이웃들이 불평을 늘어놓곤 했거든요. 장담컨대 그 녀석을 혼쭐내줄 남자가 필요했을 거예요." 나는 잔을 걱정해주는 사람이 있었는지 알고 싶었다. 가족이나 친구는? 관리인은 모르겠다는 표시로 어깨를 으쓱했다. "라그랑주가 초입에 주차되어 있던 자동차 보닛 위에서 잔의 이불을 누가 발견했대요. 그녀가 황급히 빠져나왔다는 증거가 아니겠어요?"

나는 대답하지 않았다. 열쇠를 금방 돌려주겠다고 약속하고 다시 사층으로 올라갔다. 볕이 잘 들지 않는 거리인데도, 저녁해가 부드러운 빛으로 거실을 감싸고 있었다. 그러나 역겨운 탄내는 여전했다. 바닥에 깔린 모켓은 발을 디딜 때마다 불투명한 액체를 토해내는 스펀지 같았다. 나는 방 한가운데 우뚝 섰다. 파산의 냄새를 풍기는 삶의 잔해들을 천천히 눈으로 훑었다. 미닫이문이 달린 벽장 속에 누더기로 변한 원피스 몇 벌이 철제 옷걸이에 걸려 있었다. 불은 스카프, 머플러, 허리띠를 한입에 삼켜버렸다.

나는 고개를 들며 들보 아래의 작은 붙박이장이 살짝 열려 있는 걸 발견했다. 별 기대 없이 내 몸무게를 지탱할 만큼 튼튼한 의자가 아직 있는지 찾아보았다. 아침에 왔을 때 부엌에서 본 포마이카 의자가 떠올랐다. 나는 늪으로 변한 거실을 다시 가로질러 손가락 끝으로 의자를 집어들었다. 의자 다리에 그을음이 묻어 있었다. 붙박이장 열쇠를 찾아 열쇠 구멍에 넣고 이리저리 돌려보았다. 마침내 열쇠가 돌아갔다.

붙박이장 내부는 불이나 물의 피해를 전혀 입지 않은 상태였다. 구두상자들이 두 개씩 나란히 쌓여 있었다. 가장 가까이에 있는 상자를 하나 집어 의자에서 내려왔다. 의자 위에도 그을음이 묻어 있었지만 신경쓰지 않고 그냥 걸터앉았다. 상자 뚜껑을 열고는 퍼즐조각, 철제 카우보이와 인디언 인형, 르망 24시간 레이스의 알핀 모형 자동차 한 대, 레고 조각 등 잡다한 장난감들 속에 손을 집어넣었다. 그것들을 바라보며 얼마 동안 그렇게 앉아 있었는지 모르겠다. 삽화 위주의 잡지가 가득한 상자, 자그마한 장난감 도자기 조각과 알록달록한 금속 배지로 넘쳐나는 상자, 구슬 주머니와 화약총으로 채워진 상자 등 모든 상자가 내 눈길을 끌었다. 나는 피해 사항 조사표에는 아무것도 써넣지 않았다.

그 보물을 원래 자리에 도로 갖다놓을 무렵, 해는 이미 많이 기울어 있었다. 집을 나서기 전 나는 빠끔히 열린 침실 문틈으로 액자 속의 사진, 아이의 얼굴과 허공에 걸린 아이 엄마의 미소를 보았다.

나는 관리실 앞을 지나며 개의 관심을 끌지 않으려고 조심했다. 그리고 서둘러 밖으로 빠져나갔다. 생자크가 아래쪽에서 열쇠점을 발견했다. 열쇠공은 문을 닫을 채비를 하고 있었다. 나는 거듭 사정을 했고 열쇠가 복사하기 쉬운 표준형이었던 터에 그는 내 부탁을 들어주었다.

다시 아파트로 돌아가자 관리인은 관리실 문 앞에 나와 있었다. 나는 열쇠꾸러미를 돌려주는 걸 깜빡하는 바람에 되돌아오는 길이라고 해명했다. 관리인은 군소리 없이 열쇠꾸러미를 받아 챙겼다. 돌아서서 걸음을 옮기려는데 그녀가 외쳤다. "라디오에서 그러는데, 쉬렌 수문에서 시신 한 구를 건졌대요!" 내가 묻는 듯한 얼굴로 쳐다보자 그녀가 곧바로 덧붙였다. "근데 남자였대요."

나는 모베르광장까지 걸어갔다. 거기서 택시를 잡아타고 집이 있는 랑데부 시테로 가자고 했다. 기사가 어느 길로 가는 게 좋겠냐고 물었다. 나는 강변도로를 타고 베르시까지 가서 뱅센로로 빠지자고 했다. 내 손에는 양팔을 늘어뜨린 채 허리춤에 땜질된 콜트 총을 빼내려는 금속 카우보이 인형이 쥐여 있었다.

3
어느 모로 보나

어느 모로 보나, 갈랑드가의 아파트를 또 한번 방문하는 일은 정당화될 수 없었다. 그저 화재 원인에 대한 전문가의 감정 결과를 기다렸다가 건물주가 보수공사를 시작할 수 있게 통상적인 조치들을 취하면 될 일이었다. 그러나 이튿날 아침 출근하기 전, 나는 화재 건물에 다시 들렀다. 나는 휴대폰부터 껐다. 그리고 관리인의 동정을 살핀 후에 몰래 건물 사층으로 올라갔다. 복사해둔 열쇠를 꺼내려던 나는 문이 봉해져 있는 것을 발견했다. 문은 긴 연보라색 띠로 가로막히고 열쇠 구멍은 큼지막한 봉랍으로 메워져 있었다. 나는 아무에게도 들키지 않을 거라고 확신하며 지체 없이 동그란 봉랍을 열쇠로 긁어냈다. 밀랍이 떨어지자 나는 숨을 죽인 채 문을 따고 안으로 들어갔다.

차갑게 식은 재 냄새가 훅 끼쳤다. 문을 다시 밀어 닫았다. 적막이 기다리고 있었다. 직감적으로 나는 앞으로 그곳에 아무도 입주하지 않으리라는 사실을 느꼈다. 물건들, 그 난리를 겪고 남은 물건들이 불행의 공모자가 되어버린 그 난장판에서 사는 건 불가능할 것 같았다.

부엌으로 갔다. 개수대 크롬 표면에 반사된 아침햇살이 눈부셨다. 간편 요리 책들이 전날 미처 보지 못한, 그곳에 있는 게 생뚱맞아 보이는 다른 책들과 나란히 꽂혀 있었다. 로랑스 페르누의 『내 아이 키우기』, 부모와 자식 간의 관계에 대한 브루노 베텔하임의 입문서 한 권, 그리고 도드슨의 유명한 에세이 『양육하기』 같은 책이었다. 도드슨의 책을 뒤적이다가 몇몇 대목 전체에 밑줄이 그어진 것을 발견했다. 줄이 쳐진 부분은 주로 잠재우기의 어려움, 일부 세 살 아이들이 겪는 일종의 첫 사춘기, 한부모와 자식 간의 관계에 관한 내용이었다. 나는 포마이카 의자에 앉아 날 기다리게 만드는 것이 정확히 무엇인지 알지 못한 채 기다렸다. 어느 누구도 열쇠로 문을 따고 이곳에 들어서지는 않을 것이다. 나는 확신했다.

나는 휴대전화를 켜고 열한시나 되어서야 사무실에 도착할 거라고 마틸드에게 알렸다. 목소리만 들어도 그녀가 날 걱정하고 있다는 걸 짐작할 수 있었다.

마침내 집을 나서려는데 문득 떠오른 생각이 발걸음을 붙들었다. 나는 발길을 돌려 거실 옆 작은 방으로 향했다. 미소를 담은 사진 액자는 내가 놓아둔 그대로 침대 머리맡 벽감 안쪽에 놓여 있었다. 나는 타다 만 사진을 꺼내 도둑처럼 안주머니에 집어넣었다. 서두르느라 액자 유리에 앉은 잿가루를 떨어낼 생각은 미처 하지 못했다. 손가락 끝이 감초 뿌리처럼 시커멓게 변했고, 흰 와이셔츠는 따로 손빨래를 해야 할 지경이었다.

아파트 문을 열고 나서다가 정복 차림의 경관과 정면으로 마주쳤다. 그는 나만큼이나 놀란 표정이었고, 누구 허락을 받고 봉인을 제거했느냐고 물었다. 나는 침착하게 이 건물의 담당 보험회사 직원이라고 대답하고, 조사를 끝내야 했는데 현장을 봉쇄한다는 얘기는 사전에 전혀 듣지 못했다고 불만을 토로했다. 경관이 신분증을 보여달라고 했다. 그가 내 손가락과 와이셔츠를 살피는 동안, 나는 재킷 주머니에서 지갑을 꺼냈다. 분위기를 누그러뜨리기 위해 집안이 온통 그을음투성이라고 투덜대며 신분증을 내밀었다. "알겠습니다." 경관이 볼멘소리를 했다. "하지만 보험회사 직원이든 아니든 봉쇄된 장소에 들어가려면 경찰과 법원 허가를 받으셔야 합니다. 아줘라 보험 사람들은 법을 안 지켜도 된다고 믿는 모양이죠?" 나는 사과했다. 떠오르는 대로 변명을 늘어놓았다. 너무 급했다고. 이번 사건으로 충격을 받아 정신이 없었다고. 가능한 한 서두르는 것이 건물주에게 도움이 되리라 믿었다고.

경관은 나를 보내줬다. 머리가 지끈지끈 울렸다. 성큼성큼 걸어 거리로 나서려는 순간, 관리인이 우편물을 들고 관리실에서 나왔다. 나는 놀란 표정으로 쳐다보는 그녀에게 걸음을 늦추지 않은 채 모든 게 정상이라고 소리쳤다.

밖으로 나온 나는 깊이 숨을 들이마셨다. 열시가 다 된 시각이었다. 굴뚝 청소부의 손을 하고 와이셔츠가게에 들어가는 것보다는 집에 들러 옷을 갈아입는 편이 나을 것 같았다.

갈랑드가 모퉁이를 지나다가 골동품가게 진열창에서 잔 델벡(24세)과 그녀의 아들 브누아(8세)의 이름이 나붙은 수색 전단을 보았다. 그러니까 그 여자는 열여섯 살 때 아이를 가진 셈이었다. 수색 전단에는 굵은 글씨로 그녀가 화재 초기에 자취를 감췄다고, 아마도 맨발일 것이라고 쓰여 있었다. 사진은 말짱한 얼굴과 환한 미소, 내 재킷 안주머니에 감춰져 있는 것과 똑같은 미소를 보여주었다. 그녀 곁에 아이가 서 있었다. 렌즈 앞에 똑바로 서서 굳은 표정으로 허공을 뚫어져라 응시하며. 아이에 관해서는 나이와 머리 색깔이 짙은 밤색이라는 점 말고는 상세 정보가 적혀 있지 않았다. 그저 평범한 꼬마였다.

나는 점심시간이 될 때까지 기다렸다가 사무실에 갔다. 직원들은 식사를 하러 나가고 없었다. 나는 내 유리방에 틀어박혀 마틸드가 준비해놓은 여러 계약서에 서명을 했다. 그런 다음 영업부장이 다음 광고에 쓸 거라며 부탁한 상해보험 광고문을 작성하기 시작했다. 평소 나는 그런 글을 별 어려움 없이 써낸다. 쉬운 어휘로 신체장애가 삶의 일부분이며, 장애로 명확하게 규정된 경우에는 상당한 액수의 배상금을 지불받을 수 있다고 설명할 수 있었다. 나는 모니터 앞에 한 시간이나 앉아 있었다. 그런데도 그럴듯한 문장이 떠오르질 않았다. 상해와 관련된 아주 심각한 용어들은 피하면서, 나도 모르게 잔 델벡의 미소, 수색 전단에서 본 그녀의 완전한 얼굴이 끊임없이 떠올랐다.

마틸드가 자기 사무실 유리창을 통해 내 일거수일투족을 살피고 있었다. 나는 모르는 척 계속 일만 했다. 그것만으로도 집중하기가 힘들었다. 로날드가 굳은 표정으로 내 방 문을 두드렸을 때, 나는 광고문을 끝내기는 틀렸다는 사실을 깨달았다. 로날드와 나는 아주 오래된 사이였다. 우리는 같은 해에 아귀라 보험에 입사했다. 그러나 그가 나에게 이 일을 가르쳤다고 말할 수 있다. 느긋해 보이는 겉모습과는 달리 그는 지독한 일벌레이자 칼같이 정확하고 탁월한 법률가다. 여기서 나를 보좌하는 일에 만족하고 있지만, 마음만 먹는다면 이 지점보다 훨씬 큰 지점도 이끌 수 있는 능력을 갖춘 사람이었다. 삼 년 전, 그의 아내가 그를 떠났다. 그의 아내는 모든 것을 가져가버렸다. 가구, 옷, 그들의 사랑 이야기까지 모두. 그런 경우에는 보험도 아무런 도움이 되지 못한다.

그 시기부터 로날드는 죽어라 일에만 매달렸다. 그가 고객과 직접 접촉하는 경우는 드물다. 그는 음지에서, 사무실에서 홀로 서류 더미에 파묻혀 일하는 걸 더 좋아한다. 나는 그가 저녁 늦게, 기다리는 사람이 없으니 가능한 한 늦게 집에 돌아가서도 부부의 공동 의무에 관한 민법 조항들을 읽고 또 읽을 거라고 생각한다. 또한 그는 행복했던 시절을 떠올리며 시간을 보낼 것 같다. 추억하는 것, 그게 그에게 살아가는 일을 면제해준다.

친구나 다름없는 사이이지만 로날드는 나에게 말을 놓지 않는다. 나는 이미 여러 차례 그에게 편하게 말하라고 얘기해보았다. 또한 그에게 일을 좀 쉬엄쉬엄 하라고 권한다. 그럴 때마다 그는 무슨 말인지 못 알아듣는 척한다.

"펠릭스, 따로 얘기 좀 할 수 있을까요?" 로날드가 이런 식으로 말문을 열면 따돌리기가 쉽지 않다. 그에게 앉으라고 권하고는 무슨 걱정거리라도 있느냐고 물었다. "예, 당신이요." 그가 대답했고, 나는 놀란 표정을 지었다. 유리벽 너머에서 마틸드는 우리 사이에 무슨 이야기가 오가는지 알아내려 귀를 기울이고 있었다. 하지만 소리는 들리지 않을 터였다. 나는 로날드가 내 방에 들어오기 전에 마틸드의 책상 앞에 잠시 머무는 걸 보았다. "나? 난 더없이 잘 지내네, 로날드." 내가 목소리에 힘을 주며 대답했다. 그가 씁쓸하게 웃었다. "난 그렇게 생각하지 않아요, 펠릭스. 사고 이후로 당신은 태연한 척하려 애쓰고 있어요. 우리는 모두 당신을 존경하지만, 그건 아주 힘든 시련이에요." 나는 단지 건물주를 안심시켜주고 싶었을 뿐이라 말하며 화제를 흐리려 했다. 로날드는 고개를 저었다. 그리고 나지막한 목소리로 말했다. "펠릭스, 내가 어떤 사고에 대해 말하는지 잘 알잖아요."

우리는 서로를 바라봤다. 3월의 어느 날 오후, 나는 그들 앞에서 부들부들 떨지도, 눈물을 흘리지도 않았다. 내가 세 살배기 내 아들 콜랭이 사망했다는 소식을 접한 직후였다. 어느 난폭 운전자가 픽퓌스대로에서 엄마 마리와 함께 유치원을 나서던 콜랭을 들이받았다.

소식을 접했을 때, 우리는 회의중이었다. 나는 곧 회의를 중단했지만, 이튿날 아침 중단되었던 바로 그 안건을 가지고 회의를 재개했다. 직원들이 사무실에 모였을 때 끔찍한 침묵이 모두를 짓눌렀다. 아무도 나를 똑바로 쳐다보지 못했다. 나는 단호한 목소리로 말했다. "우리에겐 해야 할 일이 있는 걸로 아는데." 그리고 난 몇 주를 그 일에 매달려 지냈다.

로날드는 경찰을 통해 내가 갈랑드가 아파트의 봉인을 제거한 사실을 알고 있었다. "그래서? 그렇다고 내가 파리은행 금고를 턴 건 아니잖나!" 나의 신경질적인 반응에 그는 깜짝 놀란 듯했다. "나도 알아요." 날 진정시키려고 애쓰며 그가 말을 이었다. "그렇지만 우리끼리 얘기를 해봤는데요, 마틸드도 걱정이 이만저만이 아니에요, 어제부터 당신 표정이 너무 어두워요. 아들과 함께 사라진 세입자 이야기는 우리 소관도 아닌데, 그게 당신 마음을 어지럽히고 있다고 생각해요. 여름휴가가 다가오고 있고 지점 일도 순조롭게 돌아가고 있으니, 잠시 시간을 갖는 게, 너무 오래는 말고 한두 주 정도 쉬는 게 최선일 것 같아요."

로날드는 내가 중간에 끊지 못하도록 아주 빠르게, 숨도 돌리지 않고 말을 쏟아냈다. 그가 손가락으로 초조하게 무릎을 두드리는 모습을 보니 내가 어떤 반응을 보일지 두려운 모양이었다.

마틸드가 노크도 없이 불쑥 들어왔다. 그녀는 선 채로 로날드와 내 표정을 번갈아 살폈다. 나는 탁자 위에 놓여 있던 서류철을 덮고 서류 몇 장을 서랍 속에 넣었다. 그리고 말했다. "자네 말이 맞아. 잠시 쉬어야겠어. 그리고 갈랑드가 건은 샤브르리에게 넘겨야겠네."

그들의 얼굴에 안도의 표정이 떠올랐다. 그들은 내 의도를 오해하고 있었다. 나는 더이상 부담스러운 눈길을 느끼고 싶지도, 나에게 휴식이 필요하다는 충고에 시달리고 싶지도 않았다. 난 몇 주 전부터 내 감정 상태를 감추려고 애썼다. 그들의 조심스러운 태도, 세심한 몸짓, 그 모든 것이 내 아들의 죽음을 떠올렸다. 나는 마틸드의 자상한 배려와 아침에 밀크티를 갖다줄 때나 오후에 참피나무차를 갖다줄 때 비치는 연민 어린 표정에 짜증이 나 있었다. 아예 무관심하거나, 차라리 적당히 거리를 두었다면 차라리 속이 편했을 것이다. 그러려면 아쥐라 보험에서 함께 보낸 세월을 모조리 지워버리거나, 마틸드가 가끔 이곳에 놀러왔던 콜랭과 색연필로 그림을 그리거나 컴퓨터 게임을 하며 놀아줬다는 사실을 기억하지 못해야 했다. 나는 아무에게도 말을 걸고 싶지 않다는 생각을, 특히 아무도 나에게 말을 걸지 않았으면 좋겠다는 생각을 자주 했다. 그러나 정돈된 서류에 마지막으로 눈길을 던지고서 사무실을 나설 무렵 약간의 두려움이 느껴졌다. 다른 삶, 여기서 아주 먼 삶, 출근 전 아침의 삶, 퇴근 후 저녁의 삶에서 나는 펠릭스 마레스코일 뿐이었다.

4
이튿날 아침

이튿날 아침, 나는 여섯시 반에 잠에서 깨어났다. 라디오 알람을 꺼놓는 걸 깜빡했던 것이다. 출근하지 않아도 된다는 사실을 떠올리기까지 약간의 시간이 필요했다. 오클라호마에서는 닭싸움이 금지되었고, '돌체 비타'라는 이름의 말이 경주에서 우승했다는 먼 곳의 소식과 함께 바깥세상이 내 침실로 난입했다. 아시아의 하늘을 뒤덮는 거대한 황사 구름, 그을음과 매연을 가득 머금은 그 대륙판 같은 구름에 관한 얘기를 그때 처음 들었다. 전문가 한 사람이 그 어마어마한 크기의 차양이 인도와 방글라데시, 말레이시아의 일조량을 감소시키고 있다고 설명했다. 생각들이 이리저리 떠돌기 시작했다. 그 뿌연 세상에서는 더이상 마틸드의 근심에 찬 눈길이나 로날드의 우정어린 압력에 시달리지 않아도 될 텐데 하는 생각이 들었다.

희미한 어둠 속에서 장방형 창문을 배경으로 전날 밤 넥타이와 함께 옷걸이에 걸어둔 양복 윗도리와 반으로 접어 걸어둔 바지가 또렷하게 구별되었다. 허깨비 같은 나의 분신이 창밖에서 불어오는 바람 속을 떠다니고 있었다. 몸이 한결 가벼워지는 듯한 느낌을 받으며 다시 잠이 들었던 것 같다. 완전히 잠에서 깨어났을 때, 시계는 열시를 가리키고 있었다. 나는 잔 델벡과 그녀의 아들 사진을 어디다 뒀는지 잠시 생각했다.

가정부 파투는 아직 휴가에서 돌아오지 않았다. 장을 봐두는 건 그녀의 몫이었다. 먹을 게 아무것도 없었다. 나는 재빨리 세수를 한 다음, 출근 준비라도 하듯 양복을 입고 넥타이를 맸다.

석 달째 나는 매일 콜랭의 유모차 앞을 지나친다. 그것은 다른 영아용 유모차와 쌍둥이용 유모차 사이에 끼어 있다. 조금만 주의를 기울여도 덮개의 붉은 천 때문에 그 유모차만 눈에 들어온다. 천으로 된 의자 구석과 솔기에 빵과 과자 부스러기, 사탕 껍데기들이 잔뜩 쌓여 있었다. 그날 이후로는 아무도 유모차에 손을 대지 않았다. 나는 유모차의 존재를 잊은 줄로 알았다. 하지만 층계를 내려가는데 멀리 유모차 덮개의 와인색이 내 눈을 파고들었다. 나는 아파트 현관에 서서 시장에 맨손으로 갈지, 아니면 장 본 물건을 싣기 위해 유모차를 끌고 갈지 한참 동안 망설였다.

콜랭이 죽자, 로날드와 마틸드는 나에게 의사를 만나보라고 여러 번 권했다. 나는 카잘타 박사와 약속을 잡았다. 그는 오래전부터 나를 알고 있었다. 그가 몇 가지 틀에 박힌 질문을 하고는 내 혈압을 재고 맥박을 확인했다. 모든 게 정상이었다. 그는 나에게 항우울제를 처방할 필요는 없을 것 같다고 말했다. 병원에 들른 김에 최근에 찍은 허리 엑스레이를 검토했다. 그는 내 정신 건강보다 엑스레이 사진에 보이는 것을 더 걱정하는 것 같았다. 그는 나에게 5번 요추 연골의 마모 상태를 보여주었다. "흔히 앵무새 부리라고 부르는 골돌기체들이에요." 환한 화면을 뒤덮은 엑스레이 사진 속 척추를 따라 검지로 훑으며 그가 말했다. 나는 새들이 내 허리에 둥지를 틀고 있는 것 같은 느낌에 사로잡혔다. 카잘타 박사는 나에게 절대 무거운 것을 들지 말라고 했다. 서류 더미도, 가득 채운 짐가방도, 식료품이 가득 든 봉지도. 가능하면 이사도 하지 말라고 했다.

나는 유모차 손잡이를 쥐었다. 옆에 있던 유모차 바퀴에 걸리지 않도록 세심하게 주의를 기울여 운전한 끝에 거리로 나왔다.

유모차를 밀고 가니 인도에서는 사람들이 바로바로 길을 터줬다. 횡단보도에서는 승용차 한 대가 즉각 멈춰 섰다. 그리고 운전자는 유모차가 비어 있는 것을 보고는 바로 멈춰 선 걸 후회하는 눈치였다. 나는 끝부분이 둥글게 휜 유모차 손잡이에 체중을 싣고 느긋한 걸음걸이로 걸었다. 주기적으로 삐걱대는 바퀴 소리와 스프링의 탄력이 나를 기분좋게 달래주었다. 허리 통증을 덜기 위해 유모차를 밀고 다니며 채소를 사는 동안 나의 상喪은 시작되었다.

쿠르드뱅셈가, 단골로 드나들던 가게 상인들은 콜랭의 죽음에 대해 알고 있었다. 나는 월요일과 수요일에 콜랭을 데리러 유치원으로 갔다. 그리고 그런 날은 내가 아이를 데리고 잤다. 나는 시간 가는 줄 모르고 잠든 아이를 바라보았다. 마리와 나는 헤어져 살았다. 유치원에서 돌아오는 길이면 우리는 청과물가게 앞을 지났다. 콜랭은 청과물장수의 아내인 레일라에게 뽀뽀를 해주는 대가로 체리를 한 움큼씩 얻곤 했다. 레일라는 종종 나무상자를 쌓아두고 그걸 깔고 앉아 있었다. 그녀는 곧 아들을 출산한다는 행복한 사건을 앞두고 있었다. 그녀는 콜랭에게 "너처럼 예뻤으면 좋겠다"고 말하며 자신의 배를 만져보게 했다. 그날 내가 유치원에 마중을 나갔다면, 지금도 레일라는 아이의 손에 체리를 쥐여주며 자기 배를 만져보게 했을 것이다. 그러나 그날은 목요일이었고, 목요일은 마리의 날이었다.

이제 상인들은 내가 불행을 끌고 다니기라도 하듯 유모차를 향해 묘한 눈길을 던진다. 나는 가지를 엮어 만든 바구니나 노인들이 즐겨 쓰는 체크무늬 천 가방 같은 걸 장만할 생각이 전혀 없다. 차라리 유모차를 보란듯이 밀고 다니는 게 나았다. 태연해 보이기도 하고, 요추에도 무리가 안 가니까. 유모차를 밀면서 걸으면 몸이 더 반듯해지는 것 같다.

내가 도착하자, 청과물가게 점원은 산딸기 한 팩을 가지러 갔다. "꼬마 갖다주세요." 블라이드가 웃으며 말했다. 레일라가 걸걸한 목소리로 그를 불렀다. 그 청년의 얼굴이 일그러지는 게 보였다. 나는 당혹스러워하는 그에게 괜찮다고 말해주고 싶었다. 하지만 그러기엔 너무 늦었다. 콜랭은 대로를 질주하는 차들 앞에서 폴짝폴짝 뛰어놀았다. 그러다 갑자기 마리의 손을 놔버렸다. 파리의 어느 목요일 오후였다. 푸르른 하늘은 더없이 청명했고, 공기도 아주 맑았다. 운전자는 차를 세우지 않고 뺑소니를 쳐버렸다. 경찰이 목격자를 수소문했지만 아무도 나타나지 않았다.

마리가 유모차를 끌고 다니는 나를 본다면 어떻게 생각할지 모르겠다. 나는 이제 그녀를 만나려고 애쓰지 않는다. 그녀는 콜랭을 제대로 보살피지 못했다고 자책하고, 하필 유치원을 나서던 순간에 울린 휴대전화를 저주했다. 자책할 필요는 없다고 수차례 말해보았지만 그녀는 내 말을 들으려 하지 않았다. 그녀는 원래 남의 말을 듣지 않았다.

어느 날, 마리는 콜랭을 나에게 넘겨주었다. 아이를 버린 건 아니었다. 버리고 떠나는 건 주로 남자들이다. 그날은 잊을 수 없는 날이었다. 우리 아들이 거실 한가운데, 멀리 떨어진 두 대륙 같아 보이는 가죽소파와 낮은 탁자 사이에서 막 첫걸음을 내디뎠던 것이다. 콜랭이 걸음마를 떼었다. 그리고 마리가 떠났다. 2000년 5월 8일, 화성이 각 신문 1면을 장식한 날이었다. 눈물은 없었다. 이별은 이미 오래전부터 예정되어 있었다. 마리에게 가족이란, 가정 안의 삶이란 화성과 같은 것이었다. 신문들은 큼지막한 활자로 계속 일러주었다. 화성에서는 삶이 불가능하다고. 콜랭은 내 눈길을 믿고 기댔다. 나는 거실 커튼을 쳤고, 아이 침실의 흰 벽에 대고 그림자놀이를 했다. 우리의 풍성한 놀이 프로그램은 그렇게 하나씩 채워졌다.

유모차는 자몽, 멜론, 토마토로 가득 채워졌다. 그래도 아직 바게트빵을 찔러넣을 자리는 남아 있었다. 나는 빵을 채소와 과일 사이에 수직으로 꽂아넣었다. 재킷 소매에 허연 밀가루가 살짝 묻어 있었다. 봉투들을 한아름 들어 나르지 않으려고 유모차를 임시 쇼핑카트처럼 밀며 승강기에 탔다. 층계를 걸어내려오던 이웃이 내가 유모차에서 장 본 물건을 내리는 것을 보았다. 그가 어색한 미소를 지었지만 나는 애써 못 본 척했다.

양손에 봉투를 들고 집안으로 들어서다가 현관 콘솔 위에 놓여 있던 유리 전등을 쳐서 떨어뜨리고 말았다. 누가 들었다면 폭발 사고라도 난 줄 알았을 것이다. 전구는 물론 산산조각이 났다. 그중에 큼직한 유릿조각을 줍다가 엄지손가락을 베였다. 나는 바보처럼 '오히려 칠 년 동안 재수가 좋을 거야' 하고 구시렁거렸다. 집에는 소독할 만한 것이 없었다. 나는 개수대 수도꼭지를 틀어놓고 베인 손가락을 대고 있었다. 피가 희석된 물감처럼 흐려졌다. 전혀 아프지 않았다. 가벼운 따끔거림조차 없었다.

하루는 천천히 지나갔다. 사무실에서 멀리 떨어져 있으니 시간이 하염없이 길게 느껴졌다. 로날드의 제안을 괜히 받아들였나 하는 후회가 스쳐지나갔지만, 택시를 불러 사무실로 나가고 싶은 마음을 한사코 억눌렀다. 나는 정리하고 분류하고 버려야 할 것들을 찾아 집안을 이리저리 돌아다녔다. 콜랭의 침실은 건너뛰었다. 그래도 아이의 유모차를 보고 만지는 데는 성공했으니 그것만 해도 어딘가.

결국 어둠이 깔렸다. 소파에 앉아 있자니 마리가 날 기다리고 있는 것 같은 느낌이 들었다. 결코 존재한 적이 없었던 마리가. 그녀가 아무 말 없이 나를 보고 웃었고, 아들은 우리 사이에서 놀고 있었다. 그녀가 스탠드를 켜고 천장등을 껐다. 나는 그녀가 무엇을 원하는지 알고 있었다. 나는 양손을 부채처럼 펼치고 엄지손가락을 교차시켰다. 손가락을 움직이자 멧비둘기 한 마리가 푸드덕거리기 시작했다. 마리는 그림자놀이를 무척 좋아했다. 나는 어렵지 않게 내가 좋아하는 형상들, 우유를 할짝대는 고양이, 숲비둘기, 기린, 특히 천천히 코를 흔들어대는 코끼리를 재현했다. 주먹을 쥐고 검지손가락 한 마디를 앞으로 살짝 내밀어 친근한 작은 얼굴을 만들었고, 탱탱*처럼 보이도록 엄지를 치켜세워 특유의 앞머리 술을 나타냈다. 콜랭의 그림자는 늘 내 손에서 빠져나가 달아났다. 잊을 수 없는 그 그림자, 어루만지려 할 때마다 지워져버리는 그 그림자.

* 벨기에 작가 에르제가 그린 만화 시리즈의 주인공.

5
마리는 한 마리 작은 새였다

마리는 마른 가지에 앉은 한 마리 작은 새였다. 그녀를 처음 만났을 때, 그녀는 금발머리에 스물여섯 살의 자유분방한 여자였다. 심각한 폐질환을 앓다 막 회복한 상태였지만 담뱃불이 필터에 닿을 때까지 줄담배를 피워댔다. 그 바람에 손가락을 데는 일도 잦았다. 마리는 아주 예쁜 편은 아니었다. 그녀는 얼마나 살 수 있을지 몰랐기 때문에 많이, 그리고 빨리 살고 싶어했다. 그녀는 또한 아이를 원했다. 그녀는 숙모에게서 유산으로 물려받은 그림 몇 점을 찍은 사진을 들고 우리 회사로 찾아왔었다. 플랑드르파 군소 화가들이 운하를 그린 풍경화였다. 당시에는 내가 예술품을 담당하고 있었기 때문에 안내데스크에서 그녀를 나에게 보냈다. 당시 내 생활은 직장 일과 동네 당구장을 부지런히 드나들며 치르던 당구 시합이 전부였다. 내 눈에 여자들은 머나먼 미스터리였다. 나는 만나도 크게 상처받을 일이 없을 것 같은 경우에만 잔뜩 경계심을 품은 채 여자들에게 다가갔다. 어머니는 나를 그다지 사랑하지 않았다. 나는 세상 모든 여자가 그럴 거라고 생각했다.

마리와 나는 사무실에서 여러 차례 만나 상담을 했다. 상담 약속은 곧 점심 약속으로 변했다. 우리는 플랑드르파 화가들에 대해서는 거의 이야기하지 않았다. 그리고 언젠가 식사 도중에 그녀가 선언하듯 말했다. "펠릭스, 난 당신을 만나면 너무 강렬해서 떨쳐낼 수 없는 어떤 감정을 느껴요. 주먹으로 배를 한 대 세게 얻어맞는 것 같은 충격적이고 갑작스럽고 고통스러운 느낌이에요. 당신이 내 아이의 아빠가 되리라는 확신이 들어요." 그리고 그녀는 나에게 서로 말을 놓는 게 어떻겠느냐고 물었다.

어떤 여자에게든 그런 고백을 듣는 건 나로서는 상상도 할 수 없는 일이었다. 그 부드러움도, 그 격렬함도 나에겐 익숙한 것이 아니었다. 나는 마리가 병상에 누워 가슴에 튜브를 꽂은 채 죽음과 싸우면서 아이에 대한 오랜 욕망을 품게 되었으리라 생각한다. 병마를 이기고 살아난다면, 누군가가 뱃속에 둥지를 튼 감각, 다른 생명에게 자리를 내주기 위해 뱃속에서 장기가 서로 들러붙는 감각을 느껴보고야 말겠다고 맹세했을 거라고. 그녀는 결국 병을 이겨냈지만, 병은 그녀의 마음에 믿을 수 없이 긴긴 고독의 회랑을 파놓았다. 그녀와 세상 사이에는 보이지 않는 장막이 존재했다. 그녀를 아무리 세게, 숨이 막힐 정도로 꽉 끌어안는다 하더라도 나는 그 장막을 찢을 수 없다는 걸 짐작하고 있었다.

마리는 대번에 조건을 제시했다. "아이에게 젖을 먹이고 걸음마를 뗄 때까지 기다릴게. 그런 다음, 아이를 당신한테 넘겨줄게." 나는 그녀가 '넘겨주다'라는 낱말을 무슨 뜻으로 사용하는지 정확하게 파악할 수 없었다. 그녀의 설명은 간단했다. 아이를 낳는 것은 그녀가 줄 수 있는 최고의 것이었다. 그러나 그녀는 스스로 아이를 키우는 데 부적합하다고 느꼈다. 그녀에게도 이유가 있었다. 마리는 언젠가는 아이에게 혼을 내고 벌을 주고, 아이의 자유를 조금이나마 속박해야 한다는 걸 견디지 못했다. 금지하는 것은 그녀의 능력을 넘어서는 일이었다.

나는 출산과 함께 그녀의 마음이 변하기를 바라며 조건을 받아들였다. 나는 아버지를 모르고 자랐다. 아이와 단둘이 남겨진다는 것은 생각만 해도 앞이 캄캄해지는 일이었다. 고객의 용기를 북돋워주고 손해를 최소화해야 할 때, 기름을 친 듯 매끄럽게 보험업자로서 입담을 펼쳐야 할 때, 나는 본능적으로 잘해낼 수 있다는 걸 알았다. 나는 이 일의 미묘한 측면, 그 술책과 함정들, 다양한 보험증권의 복잡한 게임을 알고 있었다. 당시 경영진은 조금도 망설이지 않고 나에게 가장 까다로운 건들을 맡겼다. 그들은 내가 위태로운 상황도 신속히 바로잡을 만큼 재간이 뛰어나다는 걸 알고 있었다. 그렇지만 혼자 아기를 돌보고, 피부의 붉은 반점을 보고도 겁에 질리지 않고, 아이가 심심하지 않게 끊임없이 얼러주는 임무는 도저히 해낼 수 없을 것 같았다. 내가 아버지라고 불러야 했을 한 남자의 말들, 혹은 그의 생생한 이미지가 나에게는 아예 없는 것처럼.

나는 남몰래 내가 모르고 자란 것의 목록을 작성해보았다. 항공점퍼 냄새, '남성용' 향수, 수염이 까칠까칠한 뺨, '아빠'라는 말, 비 오는 날 현관에 자국을 남기는 어마어마한 치수의 구두를 나는 몰랐다. 그랬다. 내 안에는 아버지의 흔적이 전혀 남아 있지 않았다.

마리는 나를 안심시키는 방법을 알고 있었다. 그녀는 내가 그 역할을 해낼 수 있으리라 확신했다. 아니라면 왜 나를 선택했겠는가! 그녀는 임신테스터에 양성 반응이 나오자마자 두꺼운 붉은색 공책을 샀고, 가슴이 아프다든지 속이 메스껍다든지 입덧을 한다든지 하는 증상들을 적어나가기 시작했다. 나는 나중에 그녀가 처음 몇 장을 찢어버렸다는 걸 알아차렸다. 그녀는 아이가 훗날 글 읽을 나이가 되어 자신 때문에 엄마가 힘들어했다는 걸 알게 되기를 원하지 않았다.

아홉 달 동안 출산을 기다리면서 마리는 오로지 콜랭의 엄마였다. 그녀는 기다리고 또 기다리며 몸에서 일어나는 변화는 아주 사소한 것까지도 공책에 모조리 기록했다. 그녀는 임신중의 행복을 조금도 잊지 않으려 했다. 임신 사 개월에 접어든 어느 날 아침, 그녀는 아랫배에서 나비가 날아다니는 것 같은 느낌이 들었다. 태동을 느낀 것이다.

나도 나름대로 유아기에 대한 책 몇 권을 장만했다. 그러나 매번 아버지의 역할에 관한 대목에 부딪혔다. 그건 나에게 이국의 언어보다도 더욱 난해해 보였다. 그 순간 밀려오는 현기증은 계산과 수치로 대변되는 친근한 세계, 고블랭 지점의 내 자리에 앉은 다음에야 사라졌다.

콜랭은 십삼 개월 칠 일째 되던 날, 포동포동한 다리로 서서 거실을 가로질렀다. 그리고 마리가 훌쩍 떠나버렸다. 그녀는 세상에서 가장 아름다운 선물을 내게 남겼다. 마리가 떠나던 날,

나는 최악의 상황이 벌어질까봐 두려웠다. 그날 저녁, 나는 콜랭의 건강 수첩에서 부모들을 위한 조언이 적힌 페이지들을 찾아 다시 읽어보았다. 그러다 처음 시도해본 그라탱을 태워먹었다. 이튿날, 아들은 나를 빤히 쳐다보며 '엄마'라고 불렀다.

그렇게 한 해, 두 해가 지나갔다. 오직 콜랭과 나뿐인 나날. 낮과 밤. 우리 둘. 매 순간 새로운 아이가 태어났다. 저녁 무렵의 미소는 아침의 미소가 아니었다. 나는 여전히 손목시계를 차고 있었지만 삶의 시각을 알기 위해서는 아들의 얼굴을 바라보는 것으로도 충분했다.

가장 어려운 것은 가족을, 가족의 소리를 만드는 것이었다. 어린이집에서 돌아와 현관문을 열면 집안은 늘 어둡고 고요했다. 콜랭은 하루가 다르게 자랐고, 우리를 둘러싼 공허를 서서히 깨달아갔다. 나는 일부러 큰 소리로 말했다. 나는 등을 켜기 전에 어둠을 누그러뜨렸다. 부리나케 티브이를 켜고 만화영화부터 찾았다. 콜랭은 차가운 티브이 화면 속 친구들에게 뽀뽀를 해댔다. 물론 눈에 좋지 않았기 때문에 티브이 가까이 가지 못하게 했어야 했다. 그렇지만 차마 아이의 감정 표현을 막을 수가 없었다. 나는 부엌 라디오를 켰다. 욕조에 목욕물을 받는 동안 흘러간 샹

송 테이프를 틀었다. 침묵을, 어둠을, 휑한 가슴에 부는 싸늘한 바람을 따돌리기 위해 나는 쉬지 않고 휘파람을 불어댔다. 콜랭도 나를 따라하려고 애썼다. 결국 아이는 〈톰과 제리〉, 프랑스앵포의 시사 뉴스, 그리고 동요를 한꺼번에 보고 듣고 부르는 법을 터득했다. 콜랭은 저 혼자 여러 명의 가족이 되었다.

어쩌다 일찍 퇴근하면 집에 먼저 들러 거실 등을 켜놓는 등 생활의 흔적을 꾸며놓고 나서 어린이집으로 콜랭을 데리러 갔다. 그러나 부재를 감추는 방식은 결국 콜랭에게 혼란만 심어놓고 말았다. "집에 누가 있어?" 아이는 불안과 기쁨에 들뜬 눈을 하고 물었다. 나는 아이가 뭘 기대하는지 짐작할 수 있었다. 아이는 '마리' 혹은 '네 엄마' 혹은 '어떤 사람'이라고 대답해주길 바랐다. 집에 울려퍼지는 여자 목소리라곤 메리 포핀스의 목소리뿐이었다. 콜랭은 비디오플레이어에 테이프를 넣자마자 화면에 비친 그녀의 이미지를 껴안았다. "그거 봐, 우리 둘만 있는 건 아니잖아." 그럴 때면 난 이렇게 말했고, 그러면 콜랭은 한껏 너그러운 눈길로 나를 바라보며 '슈퍼칼리프라질리스틱'*을 발음해보려고 애썼다. 아이는 위안을 주려는 거짓말들을 다 꿰고 있는

* 영화 〈메리 포핀스〉에 나오는, 기분이 좋아지는 마법 주문.

것처럼 보였다.

콜랭을 키우며 힘들 때도 많았지만 다른 또래의 아이들에게 닥친 불행을 떠올리면 그런 생각은 이내 사라져버렸다. 암 투병 중이거나 뼈가 유리처럼 약해지는 병으로 고통받는 아이들에 대한 얘기를 듣는 것만으로도 나는 콜랭이 얼마나 운이 좋은지 가늠할 수 있었다. 적어도 콜랭은 건강했으니까. 나는 그런 식으로 자위했다. 우린 함께였고, 아픈 데 없이 튼튼하게 잘 지냈다.

사고가 있기 몇 주 전, 마리가 불쑥 다시 나타났다. 콜랭의 세 번째 생일을 축하하고 불과 얼마 후였다. 그녀는 여행에서 돌아오는 길이었다. 그녀의 얼굴과 손은 머나먼 나라의 태양에 그을려 황갈색을 띠고 있었다. 그리고 눈가에는 가느다란 고양이 수염 같은 흰 주름이 잡혀 있었다. 마리는 다시 초보 엄마의 역할을 해도 되겠느냐고 물었다. 그녀의 제안은 정말 당황스러운 것이었다. 그녀가 돌아오는 경우를 고려해본 적이 없었으니까. 나는 콜랭을 위해 받아들였다. 그녀는 오랜 부재 기간 동안 전대차해놓았던 레잔공원 인근의 아파트에 정착했다. 우리는 하루하루 잘게 쪼개서 번갈아가며 콜랭을 데리고 있었다. 월요일엔 마리가, 화요일엔 내가. 또 수요일엔 마리가, 목요일엔 내가. 금요일엔 다시 마리가, 토요일과 일요일은 각자 사정에 따라. 콜랭은 약간 혼란스러워했다. 콜랭이 우리의 손을 뿌리치기 시작한 건 그때부터였다.

6
오늘 아침 나는

오늘 아침 나는 콘플레이크와 구운 빵조각을 놓고 망설였다. 결국 빵을 선택했다. 시리얼 상자를 개봉할 때면 나는 무심결에 양쪽에 손잡이가 달린 콜랭의 그릇을 함께 꺼낸다. 나는 오래된 부부에게는 유대감을, 아이 잃은 부모에게는 슬픔을 주는 몸짓들을 간직하고 있었다. 손잡이 그릇, 봉지에 싸인 채 옥수수 시리얼 조각 속에 파묻혀 있는 사은품, 대개의 경우 냉장고 문에 붙이는 만화영화 캐릭터 상품 같은 그 작고 하찮은 것들이 죽은 자의 이름을 속삭인다. 라디오에서 얼핏 오늘이 수요일이라고 말하는 걸 들었다. 나에게 수요일은 부조리한 날이 되어버렸다. 마리가 떠나고부터는 나는 수요일에는 출근하지 않아도 되게 일정을 조정했다. 사고 이후 내가 주중에 집에 있는 건 처음이다. 사람들이 얼마 동안 아버지로 남는지 나는 알지 못한다. 아마도 영원히 남을 것이다. 역대 대통령이나 영화 타이틀에 이름을 남긴 여배우들의 경우처럼, 칭호는 우리가 그 신분을 상실했을 때조차 계속 남는다. 내가 아버지로 남은 건 마리 덕분이다.

열한시경, 나는 나가서 좀 걷기로 마음먹었다. 면도를 하다가 턱 언저리를 베이고 말았다. 상처에서 계속 피가 배어나왔다. 깨끗한 손수건으로 턱과 입술 사이를 누른 채 외출했다. 아이들이 레잔공원에서 뛰놀고 있었다. 나는 클레르 몽테유 씨를 알아보았다. 콜랭이 다니던 유치원의 원장이었다. 그녀는 나를 못 본 것 같았다. 마리가 아이를 데리고 있는 날, 콜랭이 내 집에 가지 않는 날이면 나는 오전 업무가 끝날 무렵 사무실을 나섰다. 갑자기 소나기가 내려 아이들이 공원에 못 나오는 불상사가 없길 빌며 하늘을 살폈다. 나는 주차된 차 사이를 요리조리 지나서 공원 미끄럼틀에서 몇 미터 떨어진 곳까지 접근했다. 그리고 '원숭이의 절망'이라고도 불리는 칠레소나무 뒤에 몸을 숨겼다. 나는 그 이름을 나중에야 알았다. 나무 뒤에 숨어 정의의 기사, 배트맨으로 변신하고 비둘기나 커다란 까마귀를 쫓는 콜랭의 모습을 훔쳐보며 그 순간을 음미했다.

한번은 콜랭이 나무 기둥 뒤로 삐죽 튀어나온 푸른색 파카 자락을 보고 기쁨의 함성을 지르며 내게 달려왔다. 우리는 주말 내내 만나지 못했다. 하지만 함께 집에 가려면 하루를 더 기다려야 했다. 몽테유 씨가 내 쪽을 돌아보았다. 그녀의 눈에서 불만스러운 기색이 읽혔다. 그래도 그녀는 웃어주었다. 콜랭의 친구들이 금세 나를 에워쌌다. 나는 아들을 안아주고는 다른 아이들이 어리둥절할 만한 말을 던졌다. "내일 봐." 수업을 위해 유치원으로 돌아가야 할 시간이었다. 콜랭이 연거푸 말했다. "이따 저녁때 봐, 아빠." 나는 아이의 귀에 대고 속삭였다. "아니, 아빠하고는 내일이지." 젖니로 삶을 깨물 때 내일은 존재하지 않는다. 아이가 엉엉 울며 떼를 썼다. 나는 숨었다. 멍든 가슴을 안고. 기사 분장을 한 아이의 이미지가 흐트러진 채 저녁까지, 밤새도록 날 따라다녔다.

공원을 나서는데 경찰차 한 대가 조심스럽게 나를 향해 다가왔다. 남자 셋이 내렸다. 그중 하나가 나에게 동행을 요구했다. 그가 뭐라고 덧붙였는데, 마침 사이렌이 울리는 바람에 알아듣지 못했다. 차가 급히 출발했다. 아는 얼굴들, 픽퓌스 지구에 사는 이웃들의 얼굴이 눈에 띄었다. 경찰차는 다행히도 내 아파트가 있는 도로를 지나가지는 않았다. 나는 무슨 권리로 나를 연행

하느냐고 물었다. "곧 설명해드릴 겁니다." 운전대를 잡은 남자가 대답했다.

경찰서에 도착하자 그들은 나를 대기실에 앉혀놓고 더는 신경 쓰지 않는 것처럼 보였다. 기다림은 길어졌다. 나는 그동안 베이지색 타일 위에서 번쩍이는 빛의 파편을 하나하나 헤아리며 시간을 보냈다. 여자 하나가 축축한 대걸레로 바닥을 닦고 있었다. 그녀의 노력은 끊임없이 드나드는 일반인과 경관들 때문에 매번 허사로 돌아갔다. 코르크 게시판에는 쥐 박멸 관련 공문과 임무 수행중 순직한 경관들의 명단이 나란히 붙어 있었다. 술 취한 사람의 목소리가 옆 대기실에서 들려왔다. 그는 나폴레옹시대가 다시 와야 한다며 소리치고 있었다.

마침내 젊은 형사 하나가 나를 데리러 왔다. 나는 변호사에게 전화를 걸게 해달라고 말했다. 그는 아무런 반응도 하지 않았다. 나는 천장등 하나만 달랑 켜진 침침한 방에 홀로 앉아 있었다. 사복 경찰 둘이 안으로 들어왔다. 그들은 내 신분부터 확인했다. 그들은 내 직책을 아쥐라 보험 지점장이라고 기록했다. 이어서 나에게 나무 뒤에 숨어 아이들을 관찰하는 일이 종종 있느냐고 물었다. "알아보는 사람이 있을까 두려운 것처럼 당신이 손으로 얼굴을 가리기까지 했다고 주장하는 목격자가 있어요." 형사가 말했다. 나는 어깨를 으쓱했다. 면도하다 턱을 베이는 바람에 그랬다고 얘기했어야 했을 것이다. 그러나 경찰서로 연행된 데서 오는 혼란, 베인 상처에서 느껴지는 따끔거림이 정신을 흐려놓았다. 나를 색정광 취급하는 두 형사를 비롯해 모든 것이 나에겐 비현실적으로 느껴졌다.

"협조하시죠." 다른 형사가 말을 이었다. "그래야 시간 낭비를 안 해요. 상인 한 사람이 똑같은 장소, 똑같은 나무 뒤에서 선생이 아이들을 훔쳐보는 걸 여러 번 목격했다고 진술했어요. 보세요, 이렇게 사진까지 찍어놨어요." 형사는 나에게 사진 여러 장을 내밀었다. 뭔가를 열심히 염탐하는, 하지만 숨바꼭질을 하기에는 너무 늙은 남자의 옆모습이 찍혀 있었다. 그 순간 내 얼굴은 창백하게 질렸을 것이다. 내가 중얼거렸다. "그렇군요, 나군요." 첫번째 형사가 흡족한 표정을 지으며 물었다. "자백하시는 겁니까?" 나는 약간 격앙된 어조로 말했다. "난 자백한 적 없어요. 그게 나라고 했을 뿐이지." 나는 변호사를 부르겠다고 말했다. "그건 저희 반장님하고 얘기해보세요." 다른 형사가 말했다.

나는 사진 한 장에서 콜랭과 자주 놀던 아이들을 알아보았다. 수요일에 가끔 집에 놀러온 적도 있었다. 아이들 엄마들이 장을 보거나 머리를 하는 동안 잠시 맡기곤 했다. 나는 그들에게 서두를 필요는 없다고 말했다. 하지만 그들은 늘 너무 일찍 돌아왔다. 콜랭은 벨소리만 들리면 기겁을 했다. 덩그러니 우리 둘만 남게 되면 아파트를 짓누르는 그 고요를 나는 알고 있었다. 그리고 그 고요를 어떻게 채워야 하는지도. 나는 음악, 티브이, 라디오를 아주 크게 틀어놓거나, 콜랭을 안고 야만인처럼 소리를 질러대며 침대 위를 펄쩍펄쩍 뛰었다. 반면 아이 혼자 동물 다큐멘터리를 보게 하지는 않았다. 엄마 곰이 새끼들과 노는 애틋한 장면이 아이를 슬픔에 빠뜨렸으니까.

사고가 있고 몇 주 후, 나는 억지로 공원을 찾았다. 처음에는 힘들었다. 그러나 점점 익숙해졌다. 동일한 의식을 치르는 것. '원숭이의 절망'까지 걸어가, 무호흡 잠수부처럼 거기 서 있는 것. 매번 더 오래 참는 것. 나는 콜랭과 함께 거닐었던 장소를 피하지 않으리라 스스로 다짐했다. 추억 하나하나 때문에 매번 심장이 쿵 내려앉는 건 바라지 않았으니까.

두 형사가 다시 자리를 비웠다. 문이 닫혔다. 나는 기다렸다. 손으로 턱을 만지다가 아침에 베인 상처에서 다시 피가 난다는 걸 알아차렸다. 주머니에서 휴지를 꺼내 턱 언저리에 대고 눌렀다.

날이 저물었다. 인내심을 잃어갈 즈음, 더블버튼 정장 차림의 활기차 보이는 오십대 남자가 나를 데리러 왔다. 그는 나를 자신의 사무실로 데려갔다. 그가 불 꺼진 담배를 입에 문 채 자기 이름을 웅얼거렸다. 아마 라르티그라고 했던 것 같다. 담배를 물고 오래 말하기 게임이라도 하는 것처럼 그는 입에서 담배를 떼지 않았다. 그가 말을 할 때마다 입술 위에서 요동치는 담배를 바라보았다. 그가 바로 형사반장이었다. 그는 유치원 원장의 증언을 들었고, 나에 대한 의혹은 모두 밝혀졌다고 설명했다. 나는 클레르 몽테유 씨를 떠올렸다.

반장은 오랫동안 붙잡아둬서 미안하다고 사과했다. "죄송합니다. 선생이 전혀 변태처럼 보이지는 않지만, 직업이 직업인지라 겉모습만 보고 판단할 수 없거든요. 경험상으로도 그렇고요." 그는 머쓱한 듯 보였다. "아름다운 저녁이군요. 일기예보를 들었는데 내일 날씨가 맑을 거랍니다." 그는 나에게 기쁜 소식을 전한다고 믿고 있었다. 차라리 거대한 황사 구름이 몰려오고 있다고 알려줬다면 더 반가웠을 것이다.

경찰서를 나서면서 코르크 게시판에 붙어 있는 잔 델벡과 그녀의 아들의 수색 전단을 보았다. 나는 잠시 걸음을 멈췄다. 그들을 아느냐고 반장이 물었다. 나는 그들이 거주하던 건물이 내 담당이라고 말했다. 그는 전단에 쓰인 문구를 손가락으로 톡톡 치며 참 웃기는 이야기라고 덧붙였다. 사진 아래에는 일전에 골동품가게 진열창에서는 못 봤던 문구가 덧붙어 있었다. 잔 델벡의 오른쪽 어깨에 우표 크기의 고슴도치 문신이 있다는 문구가.

경찰서를 나선 후 나는 아무 생각도 하지 않으려 애쓰며 천천히 걸었다. 밤공기는 포근했고, 공원의 참피나무 향기가 가벼운 바람에 실려왔다. 여학생 둘이 가젤 뿔 과자*를 먹고 있었다. 입가에 묻은 설탕가루가 깔깔대는 웃음과 함께 반짝거렸다. 할 수만 있다면, 항구로 훌쩍 날아가 바다 냄새를 맡고 싶었다. 내 사진을 몰래 찍은 동네 상인이 누군지 궁금했다. 그리고 실종된 잔 델벡의 어깨에 새겨진 고슴도치를 상상했다. 고슴도치라니, 참 재미있는 발상이었다.

우리 아파트 건물에 도착해 층계를 오르는데 삼층에서 말소리가 들려왔다. 심각한 언쟁이 벌어진 건 아니었고, 다만 시끄럽게 하고 싶지는 않지만 자신들이 소리를 지르고 있다는 사실을 미처 알아차리지 못하는 노인끼리의 입씨름이었다. 삼층 층계참에 도착한 나는 아래층 이웃인 코스티니 부부를 알아보았다. 그들 나이를 합하면 한 세기하고도 사분의 삼은 족히 될 터였다. 보통 그들은 아주 조심스러운 편이다. 콜랭의 사망 소식을 접한

* 가젤 뿔 혹은 초승달 모양을 한 알제리와 모로코의 전통 과자.

날, 그들은 더는 존재하지 않는 글씨체, 말하자면 옛 시절의 초등학생들이 쓰던 것처럼 글자의 세로획을 두껍게도 썼다가 얇게도 쓰는 멋부린 필기체로 짤막한 위로 편지를 써서 나에게 전해주었다. 그들에게 고맙다는 인사조차 하지 않았다는 사실이 떠올랐다. 그들은 나를 보자마자 말을 멈췄다.

코스티니 씨가 나를 증인으로 삼고자 했다. "아 글쎄, 〈토브룩으로 가는 택시〉가 59년에 찍은 영화라지 뭡니까. 단역이긴 해도 벤투라와 함께 그 영화 마지막에 직접 출연했기 때문에 그 날짜는 내가 더 잘 알거든요. 60년이었다고 아무리 말해도 도무지 들으려 하질 않아요. 정말 어이가 없다니까요!" 나는 영화를 많이 안 봐서 잘 모르지만, 아닌 게 아니라 어쩐지 그의 얼굴이 눈에 익다고 대답해주었다. "거봐!" 내가 그의 손을 들어주기라도 한 것처럼 그가 아내에게 소리쳤다. 그는 몇 번이나 나에게 인사하고는 집안으로 들어갔다. "우리 영감을 위해 아주 좋은 일을 해주셨어요." 노부인이 나에게 가만히 말했다. "저이는 배우로 일한 적이 없어요. 하지만 무척 되고 싶어했죠! 배우가 됐다면 크게 성공했을 거라고 확신해요. 우리 영감 눈빛 보셨어요?"

7
지난밤, 잠을 설쳤다

지난밤, 잠을 설쳤다. 빠끔히 열어놓은 창문으로 바람이 솔솔 불어오긴 했지만 날이 너무 더웠다. 늦게까지 잠들지 않는 사람들의 발소리가 안뜰에서 한참 동안 들려왔다. 그러다 마침내 깜빡 잠이 들었는데, 두려움에 떨고 있는 아이가, 아빠를 부르는 아이의 날카로운 목소리가 고요를 깼다. 처음에는 그 소리를 꿈속에서 들은 거라고 생각했다. 그러나 나는 꿈을 꾼 게 아니었다. 눈을 떴는데도 그 소리는 계속되고 있었으니까. 소리는 맞은편 건물 한 층 아래에서 들려왔다. 나는 일어나 창밖을 내다보았다. 불빛 하나가 켜져 있었다. 그림자 두 개가 겹쳐졌다. 한 남자의 목소리가 품에 안겨 딸꾹질을 해대는 아이의 칭얼거림을 감쌌다. 그리고 다시 어둠이 찾아왔다. 그와 함께 고요도. 사람들도 다시 잠이 들었다. 나는 창유리에 이마를 대고 서 있었다. 외침도, 울음소리도 더는 없었다. 그 소리들은 내 머릿속으로 피신해 둥지를 틀었다. "……무서워, 아빠, 아빠, 무서워……"

라디오 알람이 일곱시 정각에 켜졌다. 잠을 설친 나는 몸을 일으켜 잠시 멍하니 앉아 있었다. 손을 더듬어 주파수 버튼을 찾았다. 나는 〈마이 레이디 다르방빌〉을 듣고 싶지 않았다. 로날드의 말로는 캣 스티븐스의 그 노래가 죽은 여자에 대한 이야기라고 했다. 내 주변을 맴도는 죽음이, 아이들의 악몽이 이젠 지긋지긋하다는 생각이 들었다. 롱샹 경마장의 경마 결과와 주식 시황 같은 뉴스를 계속 들려주는 채널에서 손을 멈췄다. 당구를 제외하고는 게임에 전혀 취미가 없기 때문에 나로서는 잃을 게 아무것도 없었다. 단, 황사 소식이 나올 때만은 귀를 쫑긋 세웠다. 기상 전문가는 황사가 베트남 북부 지역으로 확산되고 있다고 전했다.

아홉시경, 에릭 샤브르리에게 직통 번호로 전화를 해봐야겠다는 생각이 들었다. 갈랑드가 건물 건에 대해 새로운 게 있는지 알고 싶었다. 잔 델벡의 미소와 그녀에게 애원하고 있는 듯한 아들 브누아의 눈길을 바라보며 번호를 눌렀다. 세번째 신호음이 울리고 나서 나는 얼른 전화를 끊었다. 마틸드의 전화로 착신전

환이 될 위험이 있었다. 그녀와는 통화를 하고 싶지 않았다. 나는 불에 탄 사진을 하염없이 들여다보았다. 그러다 고슴도치 문신 때문에, 정말로 가시에 찔리기라도 할까봐 아이가 엄마에게 가까이 다가가지 못한 건 아닐까 하는 생각이 문득 떠올랐다. 사진 속의 아이는 그런 걸 믿을 나이는 훌쩍 지났다. 하지만 잔 델벡이 아이가 영원히 멀찍이 떨어져 있게 아주 어릴 적부터 아이의 머리에 그런 생각을 주입했을 수도 있었다. 어렸을 때, 우리 엄마는 나를 좀처럼 품에 안아주지 않았다. 엄마는 나한테서 안 좋은 냄새가 난다고 했다.

당분간 쉬기로 하고 퇴근하던 날 저녁, 로날드가 항우울제를 내 주머니에 슬쩍 찔러주었다. "의사를 만나봤다는 거 알아요." 그가 사과하듯 말했다. "사용하지 않더라도 가지고 있으면 한결 나을 겁니다." 한밤중에 아이가 목놓아 아빠를 부르는 소리를 들었기 때문일까? 그날 아침 처음으로 어떤 묵직한 것이 내 가슴을 짓누르는 것 같은 느낌이 들었다. 그래도 로날드가 준 흰 알약을 삼키지는 않았다.

나는 욕실 약장을 열고 손에 잡히는 대로 아무거나 집어들었다. 마리와 배를 타고 여행했을 때 사용하고 남은 멀미약이었다. 출산일이 얼마 남지 않았을 때였다. 그녀가 배를 타겠다고 고집을 부렸다. 그녀는 두 손을 모아 배 아래쪽을 살짝 받치고 다녔다. 저녁때, 그녀는 붉은 공책에 배가 흔들리는 걸 아기가 좋아하지 않았다고 기록했다. 아기는 뱃속에서 때때로 발길질로 의사를 표현했고, 그러면 그녀는 자신의 팽팽한 배에 내 두 손바닥을 대고 내가 그걸 느껴보게 해주고 싶어했다. 우리는 루아양과 그라브곶 사이 대서양 한쪽에서 첫 시항하는 거대한 카타마란을 타고 항해했다. 우리 보험에 가입한 배였다. 배 주인이 나더러 언제든 그 지역에 오면 함께 배를 타고 바다로 나가자고 제안한 적이 있었다. 나는 휘파람소리를 내며 파도와 노닐던 거대하고 힘찬 새를 기억하고 있다. 포말이 새신부의 웨딩드레스 자락처럼 발치에 길게 이어졌다. 마리는 내가 첫 남자라도 되는 듯한 눈으로 나를 바라보았다. 그날, 나에겐 멀미약이 필요 없었다.

상자를 열어 설명서를 주의깊게 읽어보았다. 나는 알약 두 개를 한꺼번에 삼킬 수 없을 정도로 비위가 약했다. 그렇지만 눈을 질끈 감고 물도 없이 삼켜버렸다. 그리고 약 성분과 주의사항을 계속 읽어내려갔다. 자색 반점, 두드러기, 얼굴과 목이 갑자기 부어 호흡곤란을 유발하기도 하는 퀸케 부종 같은 부작용이 일어날 수도 있다고 적혀 있었다.

열시, 약기운에 취해 비틀거리며 집을 나섰다. 우편물을 가지러 내려온 코스티니 씨는 내가 술에 취한 줄 알았을 것이다. 관리인 고메즈 부인이 전날 도착한 소포를 전하려다가 내 상태를 보고는 다음으로 미루는 게 낫겠다고 판단한 것 같았다. 인도를 잠시 거닐었다. 나는 목덜미와 셔츠 아래 불어오는 아침 바람을, 그리고 공원 근처 참피나무들이 내뿜는 달콤한 숨결을 느꼈다.

충격적인 일은 두 블록쯤 더 가서 발생했다. 민소매 티셔츠 차림의 젊은 여자가 비누거품 너머로 바라보는 것 같은 묘한 눈길을 던지며 내 쪽으로 걸어오고 있었다. 나는 그녀에게 이렇게 말하려고 했다. '안녕하세요, 콜랭이 당신을 참 잘 따랐는데……' 그녀는 한때 콜랭을 돌봐주던 베이비시터였다. 그녀는 내가 업무 때문에 퇴근이 늦어질 때 가끔 집에 와서 콜랭을 돌봐줬다. 나는 그녀의 팽팽한 피부 위에, 틀어올린 머리카락 속에 내 아들의 흔적이 남아 있으리라 생각했다. 그러나 그녀는 걸음을 늦추지 않고 휙 지나가버렸다. 맹세컨대, 그녀는 분명히 나를 봤다. 나는 걸음을 멈췄다. 눈앞이 흐릿해졌다. 내가 그토록 변했단 말인가?

나는 혹시 얼굴이 붓지는 않았는지 장난감가게 진열창에 비춰보았다. 전에 콜랭에게 사주기로 약속했던 로봇이 주인을 애타게 기다리듯 그 안에 서 있었다. 퀸케 부종이 날 덮치지는 않은 것 같았다. 그날 하루종일 베이비시터가 왜 나를 그냥 스쳐지나갔는지 이유를 생각해봤지만 찾지 못했다. 삐걱거리는 콜랭의 유모차를 밀고 있었다면 그녀가 날 알아봤을 거라고 확신했다.

집에 돌아올 즈음에도 햇빛이 여전히 건물 정면에 걸려 있었다. 승강기는 고장이 나 있었다. 다리가 몹시 무거웠다. 쉬엄쉬엄 층계를 걸어올라갔다. 삼층 코스티니 부부의 집 현관문이 열리는 소리가 들려왔다. 나를 본 코스티니 씨가 미소를 지었다. 그가 걱정스럽다는 눈길로 바라보더니 어디 안 좋으냐고 물었다. 아무 대답도 하지 않자, 그는 아침에 봤을 때도 내가 몹시 피곤해 보였다고 덧붙였다. 나는 그저 간밤에 잠을 설쳤다고 대답했다. 그가 알겠다며 중얼거렸다.

마틸드가 나를 잘 살펴봐달라고 코스티니 부부에게 부탁한 게 아닌가 하는 의심이 들었다. 그녀는 충분히 그런 음모를 꾸밀 수 있는 사람이었다. 관리인을 찾아가 이런저런 질문을 하고, 건물 곳곳에 나 모르게 거미줄을 쳐놓고, 내가 잘 버티는지 확인하기 위해 주변의 수호천사들을 불러모으는 그녀를 나는 상상했다.

8
그날 아침 유모차를 밀며

그날 아침 유모차를 밀며 강둑 산책에 나섰을 때도 나는 여전히 거리를 두는 듯하던 베이비시터의 태도에 대한 의문을 떨쳐버리지 못했다. 나는 자크 브렐이 마르키즈섬에서 보낸 마지막 몇 해에 대한 특집 기사가 실린 과월호 〈파리 마치〉지를 샀다. 그러곤 아이들 놀이터 안에 있는 벤치로 가서 앉았다. 아이들이 슬금슬금 유모차에 접근해왔다. 그중 한 녀석은 유모차 위로 기어오르기까지 했다. 아이 엄마가 와서 말리려 했지만, 나는 괜찮으니 그냥 놔두라는 손짓을 했다. 유모차는 그러라고 있는 거니까. 나는 놀이터의 풍경 속으로 녹아들었다. 내 발치에서 수많은 놀이가 벌어졌고, 내 귓가에서 아이들이 짹짹거렸다. 아이들도, 부모들도 내게서 풍기는 기운을 전혀 두려워하지 않는 듯 보였다. 자식의 죽음이 전염병은 아니니까.

여자아이 하나가 벤치 앞에 멈춰 섰다. 나는 루이즈를 알아보았다. 콜랭이 유치원에서 자주 함께 놀던 아이였다. 엄마라고 하기에는 나이가 들어 보이는 여자의 손을 잡아끌며 아이가 외쳤다. "콜랭 아빠다!" 그러고는 엄마 손을 뿌리치고 달려와 나에게 뽀뽀를 했다. 여자가 웃었다. 웃으니 몇 년은 더 젊어 보였다. 루이즈의 엄마가 분명했다. 그녀가 큰 상처를 입은 사람을 대하듯 나에게 부드럽게 인사를 했다. 나는 머리를 참 예쁘게 땋았다고, 붉은색 머리핀이 금발에 아주 잘 어울린다고 루이즈에게 칭찬을 했다. 아이 엄마는 나에게 말을 건네길 망설이는 눈치였다. 나는 루이즈 덕분에 내가 아직 콜랭의 아빠로 남을 수 있게 되었다고 말했다. 그러고는 "아주 아름다운 선물이네요" 하고 덧붙였다. "그래요, 삶의 선물이죠." 마침내 그녀가 대답했다. 그 순간, 그녀는 처음 봤을 때만큼 나이든 모습으로 돌아갔다.

루이즈가 손을 마구 흔들어 작별인사를 했다. 나는 사무실에서 전화를 걸어올까 싶어 휴대폰이 잘 켜져 있는지 살피고는 다시 독서에 빠져들었다. 나는 에릭 샤브르리가 델벡 건의 진행 상황을 수시로 알려주길 바랐다.

그날 하루는 아주 천천히 흘러갔다. 아이들이 끊임없이 오갔다. 늘 똑같은 외침, 똑같은 웃음, 사탕과 그네를 놓고 벌어지는 똑같은 다툼, 똑같은 울음이 이어졌다. 공원이 서서히 한산해졌다. 어른들은 모래를 뒤집어쓰고도 더 놀겠다고 떼를 쓰는 아이들 때문에 신경이 곤두서 있었다. 근엄한 목소리로 벌을 예고했다. 나는 공원 문을 닫을 때까지 홀로 앉아 있었다. 나는 사탕 막대와 돌돌 말린 기저귀로 가득한 쓰레기통에 읽던 잡지를 버렸다. 그리고 삐걱거리는 유모차를 밀며 공원을 나섰다. 공원 관리인이 내 등뒤에서 유령들에게도 공원 규정이 적용되는지 자문하는 듯한 표정을 지으며 문을 잠갔다.

9
지인들과 마주치지 않기 위해

지인들과 마주치지 않기 위해 일부러 오후 한가한 시간을 골라 당구장을 찾았다. 콜랭의 사고 이후 처음이었다. 별실은 이미 두 사람이 사용하고 있었고, 중앙홀은 텅 비어 있었다. 주중 밤 아홉시 이전 당구장은 한산했다. 나는 티크 원목으로 만든 브런즈윅 당구대를 흐뭇한 눈길로 바라보았다. 당구대를 바라볼 때마다 불이 나서 모두 잿더미로 변해버리는 생각을 하면 늘 소름이 끼쳤다. 그러나 당구장은 보험에 가입되어 있었고, 소화기가 곳곳에 비치되어 있었다. 소화기 배치는 내가 직접 했다.

나는 큐걸이를 향해 다가갔다. 내가 경기 때 사용하는 큐대는 상대와 하대를 모두 단풍나무를 깎아 만든 발라부시카 큐대였다.

숨을 깊이 들이마신 다음, 뱀가죽 케이스에서 큐를 꺼냈다. 당구장은 성당만큼이나 조용했다. 이곳은 랑데부가에 인접한 막다른 골목에 위치해 있었다. 교통 소음이 귀에 거슬리지 않는 희미한 웅성거림처럼 아련하게 들려왔다. 나는 상아로 된 상대 끝에 초크를 바르며 팁이 잘 다듬어져 있는지 확인했다. 그런 다음, 알록달록한 공을 집어 창가 첫번째 당구대 중앙에 삼각형으로 배열했다. 나는 거기서 여러 번 멋진 승리를 거둔 적이 있었다.

꼼꼼하지 못한 사람들은 이 당구대가 완전히 평평하다고 생각한다. 천갈이를 새로 하긴 했지만 공을 약하게 칠 때는 고려해야 하는 미세한 경사가 있다는 사실을 나는 알고 있다. 천장등에 달린 줄을 당겼다. 이내 환한 빛이 당구대 위로 쏟아졌다. 하얀 오팔빛 전구 두 개가 그늘 한 점 남기지 않고 장방형의 녹색 평면 구석구석을 훤히 밝혔다. 나는 공격 태세의 펜싱 선수처럼 한쪽 다리를 뒤로 뻗고 당구대 위에 수평으로 몸을 숙였다. 그 자세로 서두르지 않고 공을 치기 시작했다. 이내 내 머릿속은 공이 포켓을 향해 굴러가는 소리로 가득해져갔다. 무디고 부드러운 그 소리밖에 들리지 않았다. 단 한 번의 실수도 없이 첫 게임을 끝냈다. 실력이 조금도 줄지 않았다고 생각했다. 단지 카잘타 박사가 말했던 허리의 앵무새 부리 부분이 약간 찌릿했을 뿐이었다.

나는 샤토루 기지에서 군복무를 하던 해에 당구를 배웠다. 미군들은 장교 식당에 당구대 여러 개를 놓아두고 줄이 그어진 것 혹은 숫자가 적힌 것 등 당구공을 가져다놓았다. 장교들은 나 같은 젊은 소집병을 불러 시합을 걸었다. 그들과 함께 저녁 시간을 보내면 뻔한 일상에서 벗어날 수 있었다. 코냑과 수입 담배를 맛볼 수도 있었고. 나는 곧 내가 아주 잘해내고 있다는 것을 알게 되었다. 나는 집중력이 뛰어났고 조준에 능숙했다. 내가 일단 큐를 잡으면, 상대들은 앉아서 한동안 기다려야만 했다. "마레스코, 우리 차례가 되면 알려주게!" 중대장은 이렇게 말하고는 아바나산 담배의 푸른 연기로 하염없이 도넛을 만들곤 했다.

나는 수요일 오후에는 가끔 콜랭을 당구장으로 데려갔다. 당구장이 담배 연기로 자욱하지 않은 틈에 아이에게 간단한 타법 몇 가지를 보여주곤 했다. 한 친구가 특별히 콜랭을 위해 작은 큐를 만들어줬다. 콜랭은 큐를 쥐기 전부터 나를 흉내내느라 직접 파우더 통을 엎어 손바닥에 파우더를 바르며 재미있어했다. 나는 아이가 포켓 근처에서 무릎을 꿇고 공을 칠 수 있게 신발을 벗겨 당구대 위에 올려주었다. 당구공이 포켓 속으로 사라질 때 아이의 표정은 마법에 걸린 듯했다. 세 살이 되던 해, 아이가 부쩍 컸다. 그때부터는 아이를 의자에 올려주었다. 아이는 의자 위에 서서 조금도 동요하지 않고 아주 진지한 표정으로, 눈을 연신 깜빡거리며 마지막 공까지 성공적으로 포켓에 집어넣곤 했다.

어느 날, 당구장 직원이 다가와 뭘 좀 마시겠느냐고 물은 적이 있었다. 난 과일주스 두 잔을 주문하며 한 잔에는 콜랭을 위해 빨대를 꽂아달라고 했다. 그리고 그에게 장난을 걸며 이렇게 덧붙였다. "나 혼자 게임할 때는 아무것도 안 주잖아요, 알베르." 그는 겸연쩍어하며 말없이 물러갔다. 나중에 빈 잔을 갖다주러 갔을 때, 그는 평상시에는 내가 쉽게 다가갈 수 있는 표정이 아니었다고, 그래서 감히 방해할 수가 없었다고 조심스럽게 털어놓았다. 그러나 아이와 함께 있을 때는 그렇지 않았다. 나는 끊임없이 웃어댔다.

스리쿠션 연습을 막 시작하려는데 다가오는 숨소리가 느껴졌다. 알베르였다. 내가 극히 무덤덤한 어조로 그에게 말했다. "당장은 필요한 거 없어요. 이따 커피 마시러 제가 가죠." 나는 그가 아무 말 하지 않기를 바라며 그가 질문하기도 전에 미리 답했다. 그러나 그는 이렇게 말했다. "편하신 대로 하세요. 근처에 있을 테니 신경쓰지 마시고 언제든 필요한 게 있으면 말씀하세요." 나는 그의 눈길을 피했다. 마틸드와 로날드에게서 느껴지는 것과 똑같은, 연민으로 가득한 그 목소리를 꺼리는 데엔 이유가 있었다. 알베르의 그 목소리를 듣지 않았더라면, 전에 내가 몇 시간씩 혼자 당구를 쳤을 때처럼, 음울한 눈빛 때문에 사람들이 함부로 접근하지 못했을 때처럼, 그가 내 존재를 모르는 척했더라면 좋았을 것이다. 그렇지만 이미 늦었다. 알베르의 안정되지 못한 목소리가 내가 가족을 잃은 깊은 슬픔에 빠진 사람이라는 사실을 일깨워줬으니까.

나는 그가 사라지기를 기다렸다가 다시 당구에 집중했다. 한꺼번에 다득점을 해보려고, 원하는 대로 공을 보내기 위해 공의 밑 부분을 쳐보려고도 했다. 그런데 뜻대로 되질 않았다. 나는 몇 초간 눈을 감고 있다가 몸을 일으켰다. 유리창을 통해 보이는 건 그저 그런 벽뿐이었다. 별실에서는 게임이 한창이었다. 왁자지껄한 웃음소리와 당구공 부딪치는 둔탁한 소리가 들려왔다. 나는 다시 녹색 당구대 위로 몸을 굽히고 큐를 지지하는 왼손 두 손가락에 힘을 줬다. 바로 그 순간, 나는 손을 덜덜 떨고 있다는 걸 알아차렸다.

나는 아무도 그곳으로 날 찾아오지 않길 바랐다. 나는 당구장의 회계를 맡고 있는 장모리스의 가게가 근처에 있다는 사실을 까맣게 잊고 있었다. 그는 손님이 뜸한 오후에 짬을 내 당구장에 종종 들렀다. 그는 생트라드공드성당 맞은편에서 기성복가게를 운영하고 있었다.

내가 다시 당구에 집중하려는데 장모리스가 등뒤에서 불쑥 나타났다. 나는 내 의사와 관계없이 춤을 추는 손 때문에 속으로 잔뜩 화가 나 있었다. "펠릭스, 자네 왔군! 오면서 나한테 연락이라도 하지 그랬나. 그랬으면 진작 같이 한 게임 했을 텐데." 그는 내가 대답할 사이도 없이 다가와 나를 안았다. 그가 나지막한 목소리로 거듭 말했다. "우리 가엾은 펠릭스."

그 가엾은 펠릭스는 덜덜 떨리는 왼쪽 주먹을 날리고 싶었다. 여기서는, 특히 여기서는, 연민보다 두려움의 대상이고 싶었다. 나는 화가 난 몸짓으로 공을 모으고, 발라부시카 큐대를 케이스에 넣어 큐걸이에 걸었다. 장모리스가 문까지 배웅해주고 싶어 했다. 그러나 나는 평소 내가 좋아하는 식으로 크림을 얹은 커피를 준비해놓은 알베르에게 인사도 하지 않고 발걸음을 재촉했다. 뒤도 돌아보지 않은 채 문을 쾅 닫고 나와버렸다. 손이 아직 덜덜 떨리고 있었다.

10
일요일의 시간을 죽이는 건

일요일의 시간을 죽이는 건 힘든 일이다. 한때는 나도 일요일을 좋아했다. 아침으로 크루아상을 먹고 수산물가게에 들러 장을 봤을 때는. 나는 의례적인 주문, '대구* 한 조각'을 주문하는 일로 아들의 얼굴에 열리는 모든 즐거움의 지평을 읽을 수 있었다. 생선으로 변하는 것, 대서양의 하얀 연어라는 생선과 같은 이름으로 불리는 것, 아이는 그 사실에 강렬한 자부심을 느끼는 듯했다. 레몬을 뿌린 대구 요리를 뚝딱 해치운 우리는 공, 삽, 축축한 모래를 채워 찍어낼 별 모양 틀을 챙겨 들고서 레잔공원으

* 프랑스어로 colin. 사람 이름 콜랭과 발음과 철자가 같다.

로 향했다. 콜랭이 배를 띄우고 싶어하면 뤽상부르공원의 분수로 쪼르르 달려갔다. 콜랭은 혼자 장대를 가지고 모형 배를 조종하기에는 아직 너무 어렸다. 하지만 모형 배 대여소 좌판 앞에 서서 아이가 막무가내로 떼를 쓰기 시작하면 나로서는 버틸 재간이 없었다. 우리는 그 둥근 대양의 가장자리에 자리를 잡았다. 일요일은 식물원에서 내놓은 종려나무 그늘 아래에서 흘러갔다. 콜랭은 눈으로 자신의 멋진 배를 좇았고, 나는 배가 장애물에 부딪히지 않게 장대로 미리 배의 방향을 바꿔가며 콜랭을 따라갔다. 그렇게 콜랭과 나는 마리 없이 지내는 법을 배워갔다.

가끔 청둥오리가 갑자기 내려앉아 배의 방향을 틀어놓았다. 몇몇 뱃놀이 단골들은 오리보다는 배가 우선이라고 주장했고, 다른 사람들은 당연히 먼저 자리를 잡은 오리들이 우선이라고 반박했다. 나는 콜랭에게 온 신경을 집중해야 했기 때문에 선불리 논쟁에 끼어들지 않았다. 자식도 양심도 없는 어떤 부부가 내가 보는 앞에서 콜랭을 납치해가지 않을까 겁이 났다. 저녁 뉴스에 가끔 나오는 그런 무서운 소식 때문에 나는 외부의 이런저런 이야기들이 전혀 들리지 않았다.

침대에서 일어날까 말까 망설이는데, 라디오가 내 불안을 강화시켜주었다. 일요일이었던 것이다. 도저히 끝까지 버텨내지 못할 것 같았다. 나는 침대에 누운 채 쏟아지는 뉴스에 떠밀려가며 하루의 일부라도 지워보려고 애썼다. 황사에 대한 뉴스는 없었다. 잡지 한 권을 집어 십자말풀이를 시작했지만 세로 낱말을 하나도 찾아내지 못해 도중에 포기해버렸다. 일요일은 아직 한참 남아 있었다. 결국 부엌으로 달아났다. 오전 열한시가 지난 무렵이었다. 배가 고프지도 않은데 천천히 씹으려 애쓰며 억지로 먹었다. 포장을 벗겨 햄 한 조각을 꺼냈다. 그리고 바나나를 집어 껍질을 벗겼다. 그러는 동안 일요일은 조금씩 물러갔다. 한 입 베어물 때마다, 한 번 씹을 때마다, 와인을 한 모금 마실 때마다 일요일은 약간씩 지나갔다. 당구장에 가서 당구나 몇 게임 칠까 하는 생각도 들었다. 그렇지만 홀은 이미 사람들로 북적댈 터였고, 장모리스를 만나고 싶지 않았다. 게다가 손까지 떨렸다.

오후가 되어 나는 뤽상부르공원까지 걷기로 마음먹었다. 날씨가 건조했다. 회오리바람이 불면서 분수 주변을 산책하는 사람들의 뺨에 허연 먼지를 뿌려댔다. 모형 배 대여소 앞으로 갔다. 몇몇은 이미 물위에 떠 있었고, 다른 배들은 풀 속에 비스듬히 누운 채 미지의 수습 선원을 기다리고 있었다. 한쪽 다리를 저는, 백발이 성성한 노부인이 그 모형 선단을 감시하고 있었다.

그녀는 나를 알아보지 못하는 것 같았다. 그래도 한때는 단골이었는데, 먼지 때문에 내가 더 늙어 보이는 모양이었다. 아니면 시간 때문이거나. 콜랭이 죽은 이후로 두 배는 빨리 늙어가는 느낌이다.

나는 내가 정확하게 뭘 원하는지조차 알지 못한 채 배를 빌려주는 노부인 앞에 우뚝 섰다. 예전에 아들 녀석과 자주 왔었다고 말하지 않았다. 그랬다면 그녀는 콜랭의 소식을 묻거나, 혹은 더 슬프게도 아무것도 묻지 않았을 것이다. 나를 집요하게 쳐다보는 그녀에게 내가 가게를 봐줄 테니 나무 그늘에 가서 잠시 쉬었다 오라고 제안했다. 돈 때문에 그러는 건 아니라고 덧붙이며 그녀를 안심시키기 위해 신분증을 꺼내 보여주었다. 공원 문 닫을 때쯤 돌아오라고, 그녀 나이쯤 되면 잠시 숨을 돌릴 여유를 가져야 한다고.

그녀는 전혀 놀라는 기색 없이 나를 빤히 쳐다보더니 물었다. "당신도?" 무슨 말인지 몰라 나 역시 그녀를 빤히 쳐다보았다. "저도라뇨, 뭐가요?" 노부인이 나를 보고 웃었다. 슬픔을 집에 들이지 않으리라는 걸 이미 알 때 슬픔에 대고 웃어주듯이. 슬픔은 거기, 찬바람 부는 곳에 남겨둘 것이다. "그렇지만 선생은 아직 안 늙었잖소. 그렇게 힘드쇼?" 나는 깜짝 놀라 그녀를 쳐다보았다. 그녀가 내 팔을 잡으며 말을 이었다. "선생도 잘 아실 거요. 게뤼사크가에 도착해 버스에서 내리면, 아이들이 손짓을 하고 소리를 지르고 날 밀쳐가며 우르르 지나간다오. 그 아이 중 하나라도 이 늙은 몸뚱이를 조금이나마 배려해줄 것 같소? 천만에, 그들 눈에 난 아예 투명 인간이라오. 그렇지만 여기서는, 내가 진열대 덮개를 벗기는 순간 이미 대여섯 명이 몰려와 발을 동동 굴러가며 안달을 부려요. 눈을 동그랗게 뜨고 날 집어삼킬 듯 바라보지. 내가 자기들 간식거리라도 되는 것처럼. 얼마나 예쁜지. 오, 하느님……"

나는 고개를 끄덕였다. 콜랭 얘기는 꺼낼 필요조차 없을 것 같았다. 부인이 말을 이었다. "선생한테 이 자리를 내주고 가서 쉬면, 억지로 얻어낸 휴식은 아니라도 좋기야 하겠지. 안 그래도 계속 서서 저 안쪽이나 위쪽에 있는 배를, 붉은색과 푸른색 천으로 된 거요, 예, 그거요, 그걸 꺼내오자니 다리는 아프고, 조금 더 가지고 놀려고 떼를 쓰는 아이의 팔에서 내 재산을 억지로 빼앗아야 할 때는 등이 둘로 쪼개지는 것 같다오. 그럴 때면 그 콩알만한 것들이 어찌나 힘이 센지! 그러니 날 유혹하지 마세요. 정열도 있어 보이고 아이 같은 눈을 가졌는데 뭔 걱정이오? 예쁜 여자 만나 당신만을 위한 아이를 만들면 되지. 어째 좀 안 좋아

보이긴 해도 그 정도 얼굴이면 좋다고 달려드는 여자가 수두룩할 거요. 하지만 나한테는 그 작은 얼굴들밖에 없다오. 내 배들, 그게 있어야 아이들 웃는 걸 본다고. 그러니 이제 가서 볼일이나 보쇼."

블레이저코트 차림의 남자가 데려온 꼬마 둘이 9번과 17번 배를 꺼내달라고 아우성쳤다. 배들이 손이 닿지 않는 곳에 있어서 노인은 투덜거렸다. 그녀는 금속 의자를 놓고 그 위에 올라서야 했다. 나는 구역질을 느끼며 황급히 자리를 떴다. 멀미약이 한 알도 남아 있지 않았다. 집 근처 약국은 닫혀 있었다. 아직 일요일이었다.

11
어제저녁에는 음악축제가 벌어졌다

어제저녁에는 음악축제가 벌어졌다. 나는 밀려오는 즐거움의 파도를 온몸으로 맞아들였다. 사람들은 지독하게도 쾌활했고, 날은 저물고 싶어하지 않는 것 같았다. 나는 콜랭의 방으로 들어가 북과 버드나무 피리를 꺼냈다. 콜랭이 남긴 작은 유산을 갖고 싶어하는 아이들에게 나눠줄 좋은 기회라는 생각이 들었다. 이미 오래전에 그 추억이 담긴 하찮은 물건들을 유치원에 기증할 수도 있었을 것이다. 몽테유 선생이 아이들에게 잘 나눠줬을 것이고, 그녀라면 추억이 뭔지 적당한 말들로 설명했으리라. 그녀는 이렇게 말했을 것이다. "콜랭이 떠나기 전에 너희들에게 선물을 남겼단다." 나는 그럴 힘이 없었다. 내 아들의 장난감을 가지고 노는 다른 아이들을 보면 견뎌내지 못할 것 같았다. 차라리 나는 두 번 다시 못 볼 게 확실한 아이들, 잠이 가득한 눈을 하고 집단적 환희에 들떠 거리를 뛰어다니는 아이들에게 나눠주는 쪽을 택했다. 피리는 결국 아프리카 꼬마의 두툼한 입술 사이로 들어갔다. 북은 부모의 손에 이끌려 바스티유광장으로 가는 창백한 여자아이의 목에 내가 직접 걸어주었다.

나는 나시옹까지 걸었다. 이미 늦은 시각이었지만 집으로 돌아가고 싶지 않았다. 콜론 근처의 한 술집 겸 식당에서 저녁을 먹었다. 거대한 티브이 화면에 동물 채널에서 방영하는 이미지들이 연속적으로 나오고 있었다. 하얀 푸들 한 마리가 낑낑거리면서 애견 미용사의 습격을 받아내고 있었다. 해설자는 목 부분, 특히 개 줄을 묶었던 부분의 털을 깎는 일이 아주 어렵다고 강조했다. 개는 그 부위의 피부가 아주 민감하다면서.

나는 주변에 어린아이를 데려온 가족이 없는지 둘러보면서 양갈비를 주문했다. 난 안전할 거라고 믿었다. 바 위에 놓인, 컴퓨터 카드놀이를 보여주는 작은 티브이 근처에서 어린 꼬마가 아빠를 부르기 전까지는. 아이는 두 번 연속 "아빠!" 하고 외쳤다. 아이의 눈이 반짝였다. 나는 두 번 다 돌아보았다. 그 습관을 진작 버렸어야 했다. 아빠! 나는 애견숍으로 들어서는 주인을 본

푸들처럼 배로 바닥을 쓸며 달려갈 준비가 되어 있었다.

나는 웨이터에게 자리를 옮겨줄 수 없느냐고 물어보았다. 옆 테이블 사람들이 데려온 아이들이 잔뜩 흥분해서 시끄럽다고 했다. 그는 조용한 식사를 원했다면 날을 잘못 골랐다고 조금 격한 어조로 대답했다. 요리가 나오기도 전에 자리에서 일어날 뻔했다. 그러나 나는 앉아 있었다. 배가 많이 고팠으니까.

내 왼쪽에서는 남녀 한 쌍이 식사를 하고 있었다. 서로 잘 아는 분위기는 아니었다. 어쩐지 남자가 여자에게 저녁 한번 같이 먹자고 여러 번 조른 것 같은 느낌이 들었다. 모르긴 해도, 직장 동료이거나 친구의 친구 정도가 아닐까 싶었다. "벨기에 남자들은 운전할 때 프랑스 남자들보다 훨씬 점잖아요." 그가 말했다. 여자는 고개를 끄덕이고는 언젠가 릴*에서 열리는 벼룩시장에 한번 가봤으면 좋겠다고 말했다. 대화가 전혀 흥미롭지 않았지만, 나는 꼬마가 세번째로 "아빠!" 하고 부르는 소리를 듣지 않으려고 그들의 대화에 집중했다. 남자가 다시 운전대를 잡은 벨기에 남자 얘기를 꺼내자, 여자가 지루해하기 시작했다. 그녀가 손목시계를 들여다보고는 친구들이 춤추러 가려고 라프가에

* 벨기에 국경에 인접한 프랑스 도시. 일 년에 한 번 대규모 벼룩시장이 열린다.

서 기다리고 있다고 털어놓았다. 그러고는 작고 둥근 파우더 통을 꺼냈다. "가끔 발이 얼마나 화끈거리는지!" 그녀가 말했다. 열의 없이 그에게 같이 가겠느냐고 제안하고는 거기 가도 계속 같이 있을 순 없을 거라고 미리 일러뒀다. 여자가 꺼낸 파우더가 콜랭을, 완전히 몰입한 얼굴이 반사되는 색깔 공을 치기 위해 당구대 위에 몸을 숙일 때 파우더가 묻어 있던 콜랭의 하얀 손을 떠올렸다.

잘못 만난 남녀 사이의 대화가 겉돌고 있었다. 나는 비싼 대가를 치르고라도 남자에게 여자를 웃게 만들 재치 있는 농담을 알려주고 싶었다. 하지만 그도 이젠 큰 기대를 걸지 않는 것처럼 보였다. 사람들의 웅성거림, 커피메이커에서 나는 소음, 술잔이 부딪치는 소리에도 나는 디저트로 아이스크림이 나오는 순간 바 근처 테이블에서 터져나온 세번째 "아빠!" 소리를 분명히 구별할 수 있었다. 불꽃이 튀는 자그마한 막대가 꽂힌 아이스크림 산이 다가오고 있었다. 냉정을 잃지 말아야 했다. 그래서 나는 왼쪽에서 혼자 식사하고 있는 남자에게 주의를 집중했다. 그는 커크 더글러스를 많이 닮았지만 이마가 너무 좁고 턱이 빈약했으며 바둑무늬 셔츠 아래 어깨는 좁디좁은, 말하자면 좀 모자란 커크 더글러스였다. 그는 사람들이 자신을 힐끔거리길 기대하며 주변을 두리번거렸다. 사람들이 자신을 커크 더글러스로 착각하는 일에 익숙한 게 분명했다. 그렇지만 많은 세월이 흘렀다. 커크 더글러스는 아들을 낳았고, 사람들은 결국 그 아들에게 아버지가 있었다는 사실을 잊어버렸다. 나는 코스티니 씨에게 그를 소개해주면 좋겠다고 생각했다. 그러면 그들은 지난 시절의 멋진 추억을 함께 나눌 테고, 코스티니 씨는 그에게 콜랭과 그 아이의 아버지였던 나에 대해 이야기해줄지도 몰랐다.

나를 냉대했던 웨이터는 이제 바에 앉아 있었다. 그 대신 여자 종업원이 다가와 더 필요한 건 없느냐고 물었다. 변두리 말씨에다 애처로울 만큼 다리가 못 생겼는데도 애써 가리려 들지 않는, 그다지 격식을 차리지 않는 여자였다. 단추 하나가 떨어져 누드톤 브래지어 위로 셔츠가 빠끔히 벌어져 있었다. 그녀가 양손 가득 뜨거운 요리를 들고 지나가면 싸구려 향수 냄새가 떠돌았다. 그녀는 불구덩이에 뛰어들듯 주방으로 달려갔다. 문득, 내 눈에는 그녀가 여자라는 존재에게 주어진 것 중 가장 아름다운 의미를 띤 것처럼 보였다. 그녀는 구현된 위안, 마실 것과 먹을 것, 말의 부드러움이었다. 그녀는 요구하지 않고 주는 여자, 자기 자리를 충실히 지키며 영원히 사랑할 줄 아는 여자였다. 그녀의 왼손 약지에 금반지가 끼워져 있었다. 나는 그녀의 도움을 받아 살아가는 남자가 부러웠다.

집에 들어서는데 갑자기 샴페인이 마시고 싶었다. 나는 몇 달 전부터 냉장고 속에 잠들어 있는 뵈브 클리코를 떠올렸다. 병뚜껑을 감싼 철사를 돌리다가 손톱 밑을 찔리고 말았다. 손가락에 손가락 인형처럼 붕대를 감은 채 샴페인에는 입도 대지 않고 잠자리에 들었다. 콜랭은 잠자리에 들 때마다 늘 인형을 달라고 했다. 마리를 닮은 인형을.

12
발코니에서

발코니에서 내다보면 멀리 에펠탑의 첨탑 부분이 보인다. 우리집은 랑데부 시테로 통하는 작은 포장도로에 접해 있다. 건물 일층에는 꽃가게, 오래된 서점, 남성 전용 미용실이 있고, 가끔 청과물 행상 트럭이 자리를 잡는다. 나를 에워싼 것들을 하나씩 꼽아보는 이유는 거대한 동요가 집안을 지배하고 있기 때문이다. 큼지막한 먼지떨이로 기존 질서를 도발하지 말았어야 했다. 먼지는 우리 눈에 보이지 않게 청소해주고 보수를 받는 사람들의 몫으로 남겨둬야 했다. 각 방을 깔끔하게 만드는 것, 파투는 그 일을 아주 잘했다. 하지만 이미 엎지른 물이었다.

오늘 아침, 나는 파투가 청소 도구를 정리해두는 벽장으로 갔다. 긴 손잡이가 달린 둥근 솔을 꺼내 천장 구석구석에 친 거미줄을 하나하나 제거했다. 그런 다음, 마른걸레로 거실 선반을 비롯해 가구에 쌓인 먼지를 닦아냈다. 한바탕 울고 난 것 같은 여운을 남기는 재채기를 해대는 사이, 세 시간이 훌쩍 지나가버렸다. 평소보다 그리 세게 당기지도 않았는데, 거실 커튼 끈이 뚝 끊어져버렸다. 커튼이 레일에 걸려 움직이질 않았다. 의자를 디디고 올라가 용을 썼는데도 삼각형 고리들은 꿈쩍도 하지 않았다. 집은 바람 한 점 불지 않는 곳의 거대한 돛배처럼 그 자리에 멈춰버렸다. 스스로 어찌해야 할지 모르는 때에는 삶에 대한 혐오감이 주변 사물에게도 전달되는지, 그것들 역시 기능을 포기하는 경우가 있다.

그렇지만 나는 당황하지 않았다. 나는 그깟 일로 동요할 사람이 아니다. 나는 기다렸다. 커튼 레일은 반드시 다시 움직일 테니까. 하지만 반대편 커튼걸이가 떨어져 커튼 천과 금속 고리들이 비처럼 쏟아졌을 때는 심각한 붕괴 사고의 희생자가 된 것 같은 느낌이 들었다.

시련은 더이상 빵이 구워지지 않는, 말랑말랑하고 새하얀 식빵조각을 그대로 남겨놓는 토스트기로 계속되었다. 토스트기 안에 칼끝을 집어넣는 순간 '퍽' 하는 소리와 함께 퓨즈가 나가고 말았다. 커튼 없는 창을 통해 해는 잘 들고 있었다. 그렇지만 청과물장수의 진열대 너머로 해가 기울 때쯤에는 어떻게 될까? 나에겐 전기를 손볼 재주가 없었다. 찬장 서랍을 열어 쓰다 남은 양초가 있는지 확인해보았다. 상앗빛 하얀 불빛이 나를 사로잡았다. 양초의 불꽃을 상상하자마자 성당의 한기가 심장을 파고들었다. 그래도 낙담하지 않고 그림자놀이나 한번 해볼까 잠시 생각했다. 그러나 곧 포기하고 말았다. 갈랑드가 화재 사건의 이미지들이 떠오른 것이다. 잠시 안전성냥을 손에 쥔 채 굳은 듯 서서 성냥갑 뒷면에 기재된 '아이의 손이 닿지 않는 곳에 둘 것'이란 경고문을 읽고 또 읽었다.

설상가상, 할아버지가 유산으로 남긴 낡은 괘종시계마저 멈춰버렸다. 놋쇠 열쇠로 태엽을 감아보았지만 소용이 없었다. 시계추는 진자 운동을, 시곗바늘은 째깍거리기를 멈춰버렸다. 나는 시계가 정오 혹은 자정을 가리키게 내버려뒀다. 시침과 분침이 망자의 발처럼 포개져 있었다.

나는 엄마를 떠올렸다. 멈춰버린 시간 때문이었다. 엄마는 나의 사랑을 원치 않았다. 서로 자유로울 수 있게 나에게 사랑을 주는 것도 원치 않았다. 그것이 엄마의 생각이었다. 떠나기 직전까지 프랑스에 머무는 동안 엄마는 릴라의 한 아파트에서 혼자 살았다. 갤러리 라파예트 백화점의 화장품 코너에서 일할 때도, 그랑대로의 군중 가운데에서도 엄마는 혼자였다. 엄마는 늘 삶을 요트경주대회 '라 루트 뒤 롱'*처럼 홀로 고독하게 지나려 했다. 그녀는 럼주 역시 아주 좋아했다. "난 럼주가 너무 좋아." 엄마는 이렇게 말하고는 깔깔 웃어대곤 했다. 엄마에게 나는 거추장스러운 짐이었다. 엄마는 아버지에게 날 떠넘기려 했지만, 아버지는 엄마의 의도를 먼저 알아차릴 정도로 눈치가 빨랐던 모양이다. 그래서 아버지가 먼저 떠나버렸고, 콜랭이 마리에게 짐이었듯 엄마는 펠릭스라는 짐과 단둘이 남게 되었다. 등에 아이를 업은 채 팜파탈이 되기란 쉽지 않다. 엄마는 꽤나 팜파탈이었던 것 같다.

처음 따귀를 맞았던 날 나는 아홉 혹은 열 살이었다. 프랑스어 공책 낱장에 내 나름대로 조동사 에트르être와 아부아르avoir를 활용하여 문장을 만들어봤다. "그는 그녀를 유혹했고, 그리고 내뺐다." 나는 부재하는 남자에 대해 아주 또박또박 이렇게 썼다. 마리가 나에게 임신 사실을 알렸을 때, 가장 먼저 내 뇌리를 스

* La route du rhum. '럼주 길' '럼주 여정'이라는 뜻으로, 럼주용 사탕수수 재배농가 조합장 베르나르 아스가 럼주를 홍보하고 소비 촉진을 위해 요트경주대회를 만들었다.

치고 지나간 것도 바로 이 문장이었다. 나는 곧 아버지가 될 터였다. 그런데 난 내 아버지의 이름조차 몰랐다.

난 너무 일찍 주름져버린 엄마의 얼굴에 대한 기억을 간직했다. 어느 날 엄마는 또 한번 아버지에 대해 이야기하길 거부하며 이렇게 말했다. "자꾸 묻지 마. 그 사람 성도, 이름 첫 글자도 안 돼." 그러고는 자기 이마를 내 이마에 갖다댔다. 내가 열다섯 혹은 열여섯 살 때였을 것이다. 내 눈이 그녀의 푸른 눈길 속으로 빠져들었다. 어지러웠다. 엄마의 살갗이 확대 이미지처럼, 볼을 가로지르는 선들, 윗입술에 벌써 잡히기 시작하는 주름이 보였다. 나는 그 모든 주름이 달아난 아버지가 남긴 흔적이라고 확신했다. 그래서 두 번 다시 묻지 않았다. 이번에는 나로 인한 근심으로 그 눈가에 내 흔적을 덧새길까봐 두려웠다. "넌 그 인간 못지않게 못됐어." 이것이 엄마가 아버지에 대해 내게 남긴 유일한 정보였다.

내가 바칼로레아를 통과하고 얼마 후 엄마는 샌프란시스코로 떠나 정착했다. 엄마가 이주 초기에 보낸, 그늘 없는 행복으로 가득한 우편엽서들을 나는 보관하지 않았다. 그녀는 마침내, 진정으로 혼자였다. 나 없이. 그곳으로 한번 오라는 초대를 받았지만 나는 묵묵부답했다. 엄마는 곧 포기하고 더이상 언급하지 않았다.

지금 엄마의 얼굴이 어떻게 변했을지 나는 모른다. 길에서 우연히 만나도 못 알아보고 지나칠 것 같다. 엄마는 늘 수수께끼 같고 잔잔한 미소를 지었는데, 나는 몇 년 후 그랑 팔레에서 열린 캄보디아전에서 크메르 조각상을 보고 엄마의 미소를 떠올렸다. 그 광물적인 미소. 육 년 전 내 생일날에 전화했을 때, 그녀의 미국식 억양이 아직도 귀에 생생하다. 갤러리 라파예트 백화점과 릴라 아파트 시절의 억양이 아니었다. 나는 엄마의 생김새도 변했을 거라고, 지금은 미국 서부 해안에 사는 눈부신 여자들을 닮아 있을 거라고 상상했다. 내 나이 서른넷이었지만, 엄마는 여전히 나를 '내 새끼 펠릭스'라 불렀다. 정작 어렸을 때는 내 존재 자체를 원치 않았던 엄마가 이젠 내가 여전히 어린아이로 남아 있기를 원했다.

그날, 통화 음질이 좋지 않았다. 엄마의 말은 한숨 같은 긴 숨소리와 함께 한 박자 더디게 들려왔다. 나는 그녀와 통화한다고 믿었지만, 메아리가 되어 돌아오는 건 내 목소리였다. 나는 전화를 끊고 나서야 다시금 우리가 중요한 건 아무것도 말하지 않았다는 사실을 깨달았다. 그후로 우리는 두 번 다시 소식을 주고받지 않았다. 엄마는 끝내 내게 아버지의 이름을 알려주지 않았다.

이젠 모두 부질없는 얘기다. 아버지 없이 자란다는 건 서서히 늪 속으로 빠져드는 것, 디딤돌에 결코 발이 닿지 않는 것, 근엄한 목소리와 높은 언성을 듣지 못하는 것, 남자 어른의 얼굴에서 자신을 알아보지 못하는 것, 끊임없이 그 부재를 생각하는 것, 때때로 오로지 그것만 생각하는 것이었다.

콜랭이 태어나기 전부터 난 내가 이미 알려진 본보기들과는 거리가 먼 아빠가 되어야 한다는 걸 깨달았다. 내가 아들 앞에서 자신만만하게 행동하는 남자를 흉내낼 수 있었다면, 마리가 떠난 후 콜랭과 마주앉은 저녁이면 종종 날 사로잡았던 그 은근한 불안감을 극복할 수 있었을 것이다.

전화벨이 울려퍼진 건 자정 무렵이었다. 난 불 꺼진 집안에서 3인용 소파에 누워 가물가물 졸고 있었다. 활기와 음악으로 가득한 목소리가 내 귓가에서 폭발했다. "한 게임 할 수 있어?" 장모리스의 목소리였다. 나는 거절할 구실을 찾아 잠시 망설이다가 그곳은 환한지 물었다. "환하냐니?" 그가 소리쳤다. "물론 훤히 보이지! 혼자 축 처져 있지 말고 나와, 펠릭스. 다들 기다리고 있어. 여긴 친구들뿐이야." 나는 핑곗거리를 찾다가 떠오르는 대로 둘러댔다. "지금 아들 녀석하고 한창 그림자놀이를 하고 있어, 그래서……" 수화기 저편에서 아무 소리도 들려오지 않았다. 나는 전화가 끊어진 모양이라 여기며 수화기를 내려놓았다. 거실 낮은 탁자 위에는 전화기 옆에 고지서들이 잔뜩 쌓여 있었다.

시간은 제자리걸음을 하고 있었다. 내내 자정이었다. 나는 창문을 닫고 초를 켜둔 부엌으로 갔다. 동이 트기 직전에 칼과 포크, 숟가락, 찻숟가락을 분류하며 찬장 서랍을 정리했다. 그리고 대부분 금이 간 접시, 파이렉스유리컵, 주석 컵들도. 나무 식탁 위에 보물 같은 살림살이들을 전부 늘어놓았다. 무엇 하나 어울리는 게 없었다. 묵직한 은 포크와 모조 자개 손잡이가 달린 칼도, 금테를 두른 세련된 흰 접시와 밑바닥이 두툼한 잔도. 식기 하나하나가 이곳에 머물렀다 떠나버린 여자들에 대해 말해주었다. 그중에서 같은 세트의 찻숟가락을 찾아야 했다면 난 무척 난감해졌을 것이다. 조명의 문제가 아니었다. 소금통과 후추통마저 짝이 맞질 않았다. 내 삶에는 총체적으로 취향이 결핍되어 있었다. 그 사소한 재난에도 나는 정도 이상으로 서글퍼졌다. 밤에는 모든 걸 과장하게 되는 모양이다.

예상보다 훨씬 일찍 동이 텄다. 나는 차렷 자세로 서 있는 시곗바늘 앞에서 결국 잠이 들었다. 삶 전체가 범행 시각을 가리키는 손목시계처럼 멈춰버렸다. 나는 시간을 선고받았다. 나에게 주어진 형벌은 시간의 흐름을 느끼는 것이었다.

13
코스티니 씨

코스티니 씨가 누전차단기 사용법을 직접 시연해 보여주었다. 집안 가득 다시 전기가 넘쳐흐르자 나는 갑자기 용기가 샘솟는 것 같았다. 나는 옷장 문을 와락 당겨 열었다. 그리고 생각했다. '바로 지금이야.'

옷장 왼쪽에는 내 남자옷들이 정돈되어 있었다. 펠릭스의 옷. 그리고 오른쪽에는 위부터 아래까지 내 여자옷, 나의 '엄마'옷들이 선반들을 무너뜨릴 것처럼 잔뜩 쌓여 있었다. 그 옷들은 마리가 놓고 간 게 아니다. 내 옷이었다. 마리가 떠나고 얼마 후 나는 그 옷들을 샀다. 콜랭은 잠들기 전에 내가 이야기를 들려주는 걸 좋아했다. 단, 나를 '엄마'라고 부르는 조건으로. "난 네 엄마가 아냐, 이 녀석아." 아이는 발을 구르고 몸부림치며 떼를 썼다. "엄마, 엄마, 엄마." 결국 나는 지고 말았다. "좋아, 콜랭. 난 엄마야. 그렇지만 딱 한 번만이야. 그다음에는 자는 거야." 아이는 득의에 찬 미소를 지었다. 아이의 슬픔에 굴복하지 않을 사람이 누가 있겠는가?

당시 나는 나에게 맞는 여자 블라우스 치수를 몰랐다. 그런데도 서너 벌을 한꺼번에 구입했다. 그 옷들은 버려야 할 것이다. 전부 너무 컸다. 목은 넓고, 소매는 길었다. 난 내가 엄마로서는 품이 넉넉하리라 생각했다. 그래서 더 많은 자리를 차지할 거라고 믿었다. 사실, 난 그 역할을 제대로 소화해내지 못했다. 적어도 처음에는. 나중은 또다른 이야기였다. 하지만 여장 남자를 혐오하는 내가 여장을 즐기던 시절의 추억에 빠져들다가는 이 옷장을 정리할 기운이 남지 않을 것이다.

블라우스는 아무것도 아니다. 타이츠, 스타킹, 봄가을과 겨울, 여름 원피스에 비하면. 저녁때 헐렁한 잠옷 상의 속에 집어넣던 스펀지 공에 비하면. 적당히 솟아오른 가슴을 만들기 위해 처음에 나는 테니스공을 사용했다. 그런데 콜랭이 칭얼거렸다. "엄마 가슴은 안 딱딱하단 말이야." 아이는 울음을 터뜨렸다. 그래, 그래, 알았다, 스펀지로, 스펀지 가슴으로 하자꾸나. 앞머리가 있는 형태의 금발 가발도 구입했다. 직모 가발도 하나 더. 멀리서 보면 마치 마리 같았다. 잠자리에 들기 전에 마리가 욕실 수납장에 병째 놓고 간 향수 '푸아종'을 귓불 뒤에 살짝 뿌리면 가까이서도 그랬다. 우리는 평온하게 잠이 들었다. 콜랭은 엄마의 체취를, 나는 마리의 향기를 들이마시면서.

서서히, 밤에만, 나는 마리가 되어갔다. 그리고 새벽까지 마리였다. 아침에 옷장을 열면 좌우를 잘 구분해야 했다. 콜랭은 아직 새근새근 자고 있었다. 나는 소리를 죽여가며 가발을 벗고 남자 와이셔츠를 입었다. 나는 펠릭스의 목소리를 되찾았다. 그 거추장스러운 변장 도구 일체를 모두 찢어버리고 싶은 감춰둔 고양이 발톱 같은 욕망도 함께.

하지만 시간이 가면서 그 욕망은 시나브로 사라져갔다.

나한테 어울리지 않는 블라우스들을 차곡차곡 쌓았다. 마리의 선반, 나의 '엄마'옷, 그것들을 모두 쓰레기봉투 속에 넣었다. 그리고 그 옷가지를 깨진 유리 수거통에 집어넣을 작정이었다. 스치기만 해도 살이 베일 것만 같은 느낌이었으니까.

변장이 시작된 순간을 나는 또렷하게 기억한다. 어느 겨울날 저녁, 해가 일찍 저문 어느 저녁, 코가 막히고 숨쉬기가 불편하고 기침이 나고 목이 따끔거리던 어느 저녁, 콜랭이 작은 짐승의 고집스러운 눈을 하고 내 앞에 우뚝 섰던 날 저녁이었다. 지금도 나를 얼어붙게 만드는 아이의 외침. "엄마 보고 싶어!" 눈물은 없었다. 그저 결연한 목소리뿐, 자신을 향해 무기력하게 벌린 내 두 손, 너무 크고 충분히 부드럽지 못한 내 두 손에 내려앉던, 광활하고 차갑고 침울한 공간을 가로지르던 실망 가득한 눈길뿐. "엄마 보고 싶단 말이야." 콜랭이 또다시 외쳤다. 아이는 내가 자기 엄마를 내 양복들과 라벤더 향주머니와 함께 옷장 속에 감춰두기라도 한 것처럼 나를 매섭게 질책하는 표정을 지었다. 아이는 이제 장난은 그만하라는 식으로 엄마를 돌려주길 원했다. 아이는 한 발짝도 물러서지 않을 기세였다. 아빠는 뭐든 할 수 있다. 심지어 엄마를 만들어내는 일까지도. 세상이 갑자기 작아져버렸다. 난 혼자였지만 두 사람 몫의 사랑을 줘야만 했다. 거리를 두지 못할까봐 두려웠다. 너무 무겁고, 너무 힘겨운 것이었다. 한 아이의 사랑은, 아이가 당신에게 주는 사랑과 당신이 아이에게 쏟아야 하는 사랑은, 그 엄청나게 많은 약속들은. 콜랭을 책임지는 건 내 몫이었다. 그런데 나는 내가 아이에게 맡겨졌다는 느낌이 들었다. 아이가 두 손으로 내 뺨을 감쌀 때, 나는 누가 아버지이고 누가 아들인지 확신할 수 없었다. 엄마에 대해서는 말하지 않겠다. 우리는 엄마가 부재하는 삶을 즉흥적인 놀이처럼 살아내고 있었으니까.

가끔 콜랭의 얼굴에 겹쳐지는 다른 얼굴, 마리의 얼굴을 찾는 경우가 있다. 툭 튀어나온 광대뼈와 넓은 이마처럼 아이의 얼굴에서 마리와 닮지 않은 부분은 나를 버리고 떠나 한 번도 본 적 없는 아버지의 유산으로 돌린다. 바로 그런 순간에 그것이 불쑥 치밀어오른다. 차마 입 밖에 낼 수 없는 욕망, 콜랭의 얼굴을 후려치고 싶은 욕망이. 오로지 얼굴만. 얼굴에서 낯선 부분들만. 나는 오랫동안 참아왔다. 아이의 얼굴을 때리느니 차라리 두 손을 묶어둘 것이다. 가끔 아이와 눈을 마주치면 나는 돌처럼 굳어버렸다. 아이 가면에 새겨진 몹시 늙은 영혼의 눈빛이었다.

"엄마 보고 싶어." 그날 밤, 콜랭이 다시 외쳤다. 나는 몹시 당혹스러웠다. 타개책을 찾아야만 했다. 만들어내고, 빈 곳을 채우고, 뭐든 서둘러야만 했다. 아이의 색연필을 집어들었다. 아이를 부엌 식탁 앞에 앉히고 흰 종이 뭉치를 가져왔다.

"그럼 함께 그려보자꾸나." 내가 제안했다.

"엄마를?"

"그래, 네 엄마."

아이는 하늘색 색연필을 집어 타원형 얼굴을 그렸다. 나는 그림을 도와주었다. 많이는 말고 조금만. 아이는 눈을 그리기 위해 검은색 색연필을 집었고, 노란색으로 머리카락을 칠했다. 나는 내 어린 시절의 목요일에 마법을 걸었던 만화 〈아내는 요술쟁이〉 속 주인공이 되고 싶었다. 내가 그녀처럼 코끝을 찡긋하며 윙크를 하면, 콜랭의 그림이 포근하게 안아주고 덮어줄 넉넉한 가슴과 긴 머리카락을 가진 다정한 엄마로 변할 수 있게. 그러나 나는 그런 마법을 부릴 수 없었다. 발작적인 기침을 하는 틈틈이, 아이는 또다시 엄마를 요구했다.

난 자제했어야 했다. 아들은 만 두 살도 안 된 아기였다. 그런데도 나는 아이의 뺨을 때렸다. 아이의 뺨이 벌겋게 부어올랐다. 아이는 믿을 수 없다는 표정으로, 바닥없는 슬픔으로 그득한 눈을 하고 나를 쳐다보았다. 나는 어쩔 줄 몰랐다. 스스로 형편없는 놈이라는 자괴감이 들었다. "엄마! 엄마!" 콜랭은 목놓아 소리를 질러댔다. 나는 후려쳤다. 아이의 얼굴을, 마리를 닮은 모습을. 내가 아버지라 불러본 적 없는 미지의 남자를 닮은 모습을. 넓은 이마, 툭 튀어나온 광대뼈를. 나는 손을 휘둘렀다. 공황 발작. 근거 없는 복수. 내 손이 그 작은 뺨을, 다른 쪽 뺨을 후려쳤다. 그러면서 소리쳤다. 아니, 울부짖었다. "여기 없어, 네 엄마, 떠나버렸어! 이제 엄마는 없어, 알았어? 이제 그만. 아빠가 있잖아. 그럼 된 거야."

아들이 겁에 질려 나를 쳐다보았다. 아이에겐 이제 엄마가 없었고, 아빠는 허깨비에 지나지 않았다. 콜랭은 방으로 도망쳤다. 아이는 창문 커튼 뒤에 숨었다. 나도 따라 들어갔다. 커튼 아래로 맨발이 삐죽 나와 있었다. 아이는 자신이 보이지 않는다고 믿었다. 아이는 이미 눈치채고 있던 모든 불행을 슬퍼하며 진한 눈물을 쏟았다. 나는 아이가 그렇게 많은 것을 알고 있을 줄은 짐작도 못했다. 그 순간, 나는 아이가 두 번 다시 엄마를 찾지 못하게 더 강하게 밀어붙여 일을 쉽게 매듭지을 수도 있었을 것이다.

남는 건 남자들의 습성이 아니다. 그들은 달아나고, 어떻게 하는지는 알 수 없지만, 교묘하게 회피하고 잊어버린다. 어느 날 아내와 자식을 버리고 훌쩍 떠나버린 남자들의 명단은 끝이 없다. 나의 생부라는 사람도 그중 하나였다. 그리고 부재의 무게를 오롯이 감당하는 것, 그 침묵을 채우는 것은 내 몫이었다. 마리는 나를 행복하게 해준다고 믿으며 나에게 콜랭을 남겼다. 그렇지만 아들 사용 설명서, 해줘야 할 말과 취해야 할 몸짓, 아버지로서의 준비물 같은 건, 그런 것들은 다 어디 있지? 나에겐 아버지의 아들로 지낸 경험이 없었다.

나는 아주 조심조심 다가갔다. "무서워하지 마, 콜랭, 이제 아빠 화 안 낼게, 이리 오렴, 아빠가 잘못했어. 이제 더는 아프게 안

할게. 비행기놀이 할 때처럼 아빠 품으로 뛰어들렴, 어서." 나는 엄마가 내 방에서 늑대들을, 검은 늑대들을 쫓아내던 방법을 떠올리고 싶었다. 불안스러운 소리들을 쫓아버려줄 남자의 목소리는 없었다. 이렇게 말해줄 남자는 없었다. "아무것도 아냐. 지붕이 삐걱거리는 소리이거나 다락방에 쥐가 다니는 소리일 거야. 이제 자렴, 내일 아빠가 같이 놀아주마." 난 아들을 꼭 껴안았다. 그리고 아이의 두 눈이 금방이라도 꺼질 듯 가물거리는 불꽃인 양 아주 조심스럽게 속삭였다. "콜랭, 약속할게. 내일부터 매일 저녁 엄마가 와 있을 거야." 콜랭은 어른의 약속을 믿기 두려워하는 아이의 표정을 지으며 말없이 나를 빤히 바라보았다. 나는 아이의 뺨에 입을 맞추며 두 번 다시 아이 얼굴에 손자국을 남기지 않으리라 맹세했다.

이튿날 아침 인터넷에서 추천한 가게, '가발의 집'을 찾아 빅토르 위고 대로를 지나던 내 모습이 떠오른다. 전화를 받은 상담원은 비밀이 보장되며 따로 마련된 개별 공간에서 써보고 고를 수 있으니 가게로 직접 나오라고 권했다. 상담원은 사무적인 목소리로 의학적인 보완을 위한 것이냐고 물었다. 나는 여성용 가발을 찾는다고 구체적으로 밝히지 않고 그냥 아니라고만 대답했다. 가게 안으로 들어서자 여점원이 상냥한 미소를 지으며 나를 맞는다. 나는 그녀에게 축제에 쓸 금발이 필요하다고 말한다. "가면무도회인가요?" 나는 대답한다. "예, 대충 그런 거요." 그녀는 더이상 알려고 들지 않는다. 과연 전문가답다. 그녀는 항암치료 초기의 손님들, 삶의 마지막 장에 이른 손님들이 그 사실을 감추기 위해 내세우는 핑계의 냄새를 맡으면서도 절대 캐묻지 않는다. 그녀가 줄자로 귀와 귀 사이, 이마와 목덜미 사이의 길이를 잰다. "밝은색 금발, 아니면 회백색 금발요?" 나는 회백색을 선택한다. 그녀가 이곳에서 추천하는 가발들은 진짜나 다름없다고 설명한다. 가까운 사람들조차 감쪽같이 속고 만다고. "정말 아름다운 회백색 금발 여자가 되실 거예요!" 전문가가 아무도 의심하지 않을 거라고 장담을 하니 한결 마음이 놓인다. 젊은 여점원이 착용도 편하고 땀도 안 찬다고 떠벌린다. 하지만 거울에 비친 내 표정을 본 그녀는 곧 입을 다물고 만다. 마리는 병에 걸린 게 아니다. 내겐 의학적 보완물이 필요하지 않다. 마리는 떠나버렸다. 그리고 이제 내 모습을 빌려 다시 태어난다. 그녀의 모습을 되찾기 위해선 눈을 게슴츠레 반쯤 감는 것으로, 아주 미세한 틈으로 바라보는 것으로 충분하다. 여점원이 말한다. "100퍼센트 자연 모발이에요. 화학약품으로 살짝 염색만 했죠." 그래, 맞아, 분명히 그녀야. 나는 두 가지 모델을 구입한다. 하나는 단발로, 다른 하나는 메릴린 먼로 머리 모양으로.

작은 가발 시착실에서 익숙한 냄새가 풍겼다. "과산화질소 냄새예요." 여점원이 설명한다. "발색이 잘되라고 쓰는 거예요." 마리의 헝클어진 금발 머리타래에 코를 묻고 잠들었을 때, 그녀의 품에서 그 강한 인형 냄새를 맡아본 적이 있었다. 어느 날 그녀가 알 수 없는 어조로 이렇게 말한 게 기억난다. "난 검은 머리의 금발 여자야." 놀랄 만한 가발 두 개를 손에 든 그때, 시각적 착각은 사라지고 나는 마침내 그 말의 의미를 이해한다. 마리는 진짜 금발이 아니었다. 화학약품 냄새가 나를 계속 따라다닌다. 난 진짜 금발, 금빛 머리 컬을 가진 진짜 엄마가 될 것이다. '100퍼센트 자연 모발'이라고 여점원이 보증하지 않았는가.

바로 그날, 귀가하기 전에 낡은 스리 헤드 전기면도기를 윌킨슨 면도날이 장착된, 손잡이가 묵직한 강철 면도기로 바꿨다. "아주 깔끔하게 깎인다"고, 가게 앞을 지나칠 때 랑데부가의 이발사가 장담했다. 그는 '스페셜 삭발' 가격을 큼지막하게 써붙여 놓았다. 샴푸 서비스 없이 8유로, 그 정도면 대머리들에게는 횡재나 다름없었다. 내가 그런 것에 관심을 가지는 게 기특한 듯, 그는 까다로운 수염에도 아주 효과적인 면도 크림도 권했다. "대충대충 하는 남자들이 너무 많아요." 그가 속내를 슬쩍 내비쳤다. 나는 집으로 돌아가 당장 면도를 하고 여점원이 일러준 대로 빛의 가발을 써보기로 마음먹었다. 욕실에서 족집게로 얼굴을 딱딱해 보이게 하는 눈썹 몇 개를 골라 뽑았다. 무엇 하나 우연에 맡기지 않고 진지하게 내 역할을 해볼 작정이었다. 코스티니 씨도 내 프로 의식에 찬탄하리라 확신한다.

긴 머리의 엄마로 변신한 내가 나타나자, 콜랭은 나를 향해, 엄마를 향해 달려들었다. 아이는 마음이 놓이는 듯 보였다. 이번에는 엄마가 정말 거기 있다는, 두 번 다시 떠나지 않을 거라는 확신을 얻은 것처럼.

처음에 나는 오로지 밤에만 마리였다. 콜랭은 엄마로 변장한 내 모습을 아주 잠깐 동안 봤다. 나는 잠들기 전에 나타난 환영이었다. 아이는 내 냄새를 맡고, 들이마시고, 스펀지 가슴에 볼을 비비고, 손가락으로 내 금발 머리칼을 돌돌 말았다. 그리고 일 년이 지나자 아이는 더 많은 것을 요구했다. 나는 아이가 깨어날 때에도, 분유를 타주는 동안에도 여전히 엄마가 되어 있어야 했다. 나는 거실 거울을 통해 마리와 마주치곤 했다. 속눈썹 뒤에서 파르르 떨리는 그 이미지는 눈을 깜박여 쫓아보려 해도 끈질기게 남아 있었다. 나는 내 인생의 여자로, 예쁜 엄마로 변신한 나를 보았다. 마스카라나 검은색 아이라이너는 하지 않았다. 그래도 나는 현기증이 일 정도로 마리와 꼭 닮아 있었다. 가끔 거울 앞에 서서 잠시 혼란에 빠져들 정도로.

스스로 미소 짓는 일이, 그 미소를 초콜릿맛 분유를 탄 젖병과 함께 콜랭의 침대로 가져가는 일이 종종 있었다. 둘이 함께 침대 머리맡에 앉았다. 콜랭은 내 머리카락을 어루만졌다. 우리는 높게 쌓아올린 베개에 등을 기댄 채 아침의 부드러움을 만끽했다. 그리고 새로운 협상이 시작되었다. 아이는 내가 마리 차림을 하고 어린이집까지 데려다줄 수 없다는 사실을 좀처럼 받아들이지 못했다. 아이는 아빠 목소리를 가진 엄마를 너무나 좋아했다. 내가 출근하기 위해 내 원래 모습으로 돌아오면 아이는 나를 막고 서서 자신이 꿈을 꾼 게 아니라는 걸 확인하려는 듯 이렇게 묻곤 했다. "아빠가 내 엄마였을 때 기억나?" 나는 고개를 저었다. 말 한마디 않고 아이에게 거짓말을 하는 것은 묘한 경험이었다.

콜랭의 눈이 뿌옇게 흐려지면, 나는 정장 넥타이 차림 위에 긴 원피스를 걸치고 목덜미까지 내려오는 가발을 쓴 채 외출했다. 유치원 바로 옆에 있는 레잔공원으로 가서 콜랭을 시소에 앉혔다. "여기 가만히 있어, 곧 아빠가 올 테니." 놀이에 빠져든 아이가 작별인사를 하듯 엄마 가슴을 한 내 품에 안겨 나에게 입을 맞추었다. 세상 모든 마술사가 질투할 만큼 기록적인 시간 내에,

가지가 잘 휘는 칠레소나무 기둥을 공범 삼아 나는 다시 콜랭의 아버지 펠릭스로 돌아왔다. 파리 시내 덤불숲에서 벌어진 민망한 밀회의 흔적처럼, 양복 상의에는 금발 몇 올이 붙어 있었다.

그날 저녁, 스펀지 공들은 현관 입구에 놓아둔 쓰레기봉투로 직행했다. 옷장 아래에서 굴러다니고 있던 걸 비가 오는 날 가발 위에 쓰던 숄을 줍다가 먼지가 잔뜩 묻은 채로 그 공들을 발견한 것이다. 나는 결국 대낮에도 마리로 분장한 채 외출했다. 하면 할수록 전보다는 덜 힘들었다. 아들이 원하는 건 나였다. 내 안에 있는 그녀. 아이는 떼를 썼다. 보통 아이들처럼 엄마와 함께 거리를 거닐고 싶어했다. 난 우리 동네는 피했다. 아이는 내가 너무 빨리 걷는다고 생각했다. 흐린 날씨에 색안경을 쓰고 외출하는 걸 보고 의아해하긴 했지만 더이상 질문을 퍼붓지는 않았다. 내가 최선을 다하고 있다는 사실을 아이도 짐작하는 듯했다.

어느 날 오후 백화점 근처에서 공 하나가 블라우스 안에서 흘러내려와 바닥에 떨어졌다. 공은 통통 튀며 길가 배수로까지 굴러갔다. 콜랭이 깔깔대며 떨어진 공을 주우러 달려갔다. 아이가 더러운 물을 잔뜩 머금은 공을 내게 돌려주었다. 나는 공을 쥐어 짠 후 손에 들었다. 나는 가슴 한쪽이 절제된 마리, 엄마 아마존이었다. 어린 아들이 인디언처럼 소리를 질러댔다. 행인들이 돌아보았다. 나는 즉시 집으로 돌아가기로 결정했다. 어차피 멀리 가지는 못했을 테니까.

나는 추억이 새겨진 물건들을 계속 버린다. 고통을 뿌리째 뽑는다. 엄마 화장품, 버려. 립스틱, 아이섀도, 제모 크림, 생일날 저녁에 선물을 한아름 안은 채 미국 여배우처럼 입장할 때 뿌리던 반짝이 가루, 버려, 버려, 버려. 블러셔, 아르캉실 향수병, 버려. 금발 가발…… 과산화질소, 콜랭의 냄새로 가득한 금발 가발들은? 냄새를 들이마시고 킁킁거리고 끌어안은 다음, 나는 그것들을 쓰레기봉투 깊숙이 집어넣는다.

결국 아들의 목소리만 남는다. "아빠가 내 엄마였을 때 기억나?"

14
몽테유 선생은 분명 눈치채고 있었다

몽테유 선생은 분명 무언가 눈치채고 있었다. 그러나 현실은 유치원 원장의 상상의 한계를 넘어서고 있었다. 만약 내가 밤마다 더없이 부드러운 엄마, 그림자의 그림자가 되고, 잠에서 깨어나면 수염이 까칠한 아빠가 된다는 걸 그녀가 알았다면. 우리가 목욕을 함께 하고 비누와 거품으로 미끈거리는 피부를 서로 맞대고, 콜랭의 살이 얼마나 뽀얀지, 직접적인 접촉을 피하기 위해 내가 허벅지 사이에 성기를 감춘다는 사실을 그녀에게 말했다면.

어느 날 아침, 클레르 몽테유 씨가 사무실로 전화를 걸어 상의할 게 있으니 유치원 근처의 한 카페로 나와달라고 했다. 그녀는 자세한 애기는 하지 않았다. 무슨 일인지 궁금해서 혼자 여러 가지 가설을 세워보았다. 몽테유 선생은 엄격해 보이긴 해도 아이들에게 상냥한 젊고 예쁜 여자였다. 아이들은 그녀를 무척 따랐다. 그녀에 대해 얘기할 때면 콜랭의 말투는 사랑에 빠진 남자 같았다. 그녀는 마리 없이 혼자 콜랭을 키우는 나에게 주의를 많이 기울였다. 우리의 생활에 대한 설명을 원하는 걸까? 콜랭이 불평을 늘어놓은 걸까? 아니면 엄마가 보고 싶다고 말한 걸까? 혹시 낮잠을 자다가 엄마를 찾은 걸까? 몽테유 선생이 우리집에 여자가 있는 걸 걱정하는 걸까? 아니면 없는 것을?

"아버님에 관한 겁니다." 젊은 원장은 이렇게만 말했다. 그 문장이 뇌리에서 끊임없이 맴돌았다. 그녀와 대면하자니 많이 불안했다. 나는 쉬는 시간을 이용해 픽퓌스대로의 벨에르 카페에서 만나자고 제안했다. 약속된 시각, 그녀는 차를 마시며 기다리고 있었다. 그녀는 단도직입적이었다. 내가 주문을 하기도 전에 그녀가 대뜸 말했다. "너무 큰 사랑이 아이를 죽일 수도 있다는 거 아세요, 마레스코 씨?" 아이를 죽인다?

그녀에게 설명을 해보려 했지만 그녀는 곧 내 말을 끊었다. 그녀는 오래전부터 할말을 생각해둔 게 분명했고, 자기 할말을 끝내기 전에 내 이야기에 귀기울일 의향이 조금도 없는 것 같았다. "콜랭은 지나치게 많은 사랑을 받고 있어요. 아이의 정신은 아버님이 주시는 모든 것에 의해 마비되어 있어요. 저녁때 아버님이 콜랭을 데리러 오실 때마다 관찰해요. 그러다간 아이가 애정에 질식하고 말 거예요. 아버지가 응석을 받아주고 어루만져주고 달래주는 거, 어디서 보신 적 있으세요? 아버지가 엄마는 아니잖아요. 마레스코 씨, 아버지는 신체 접촉을 하지 않아요, 아들일 경우에는 특히요. 아버지와 아들 사이의 접촉은 오로지 목소리뿐이에요. 손은 아니에요. 결코 아니에요. 목소리도 너무 부드러워선 안 되고요. 경우에 따라서는 꾸짖기도 하는 남성적인 목소리가 필요해요. 콜랭은 아버지를 두려워하기도 해야 해요. 아버지는 아이에게 이야기를 들려주고, 나아가야 할 길을 보여줘요. 아버지는 본보기예요. 아이 앞에 서서, 부득이한 경우에는 나란히 서서 똑바로 걸으셔야 해요. 아이는 아버지의 이미지를 보고 자신을 건설하니까요. 아버지는 어루만져주지 않아요, 마레스코 씨, 뽀뽀도 거의 해주지 않죠."

나는 늘 아버지의 뽀뽀가 그리웠다고 그녀에게 대답해야 했을지도 모른다. 하지만 그것은 불가능해 보였다. 게다가 나한텐 임기응변의 재주가 없다.

몽테유 선생은 곧 어조를 누그러뜨렸다. 그러나 난 깨달았다. 내가 콜랭과 맺고 있는 관계는 너무 과했다. 내가 마리의 역할까지 하고 있었으니까. 나의 사랑은 세 살배기 아이를 위해 처방된 양을 초과하고 있었다. 나는 스스로 위험한 약처럼 아이 손이 닿지 않는 곳에 물러나 있어야 했다. 유치원 원장이 내가 아들에게 도움이 되지 않는다는 이야기를 할 때부터 나는 더이상 그녀의 말에 귀를 기울이지 않았다. 온실 밖의 거친 세상을 생각해본 적 있으세요, 마레스코 씨? 거친 세상? 그랬다, 나도 생각해본 적이 있었다. 그리고 그 생각을 할 때마다 나는 콜랭을 더 세게 껴안았다. 나는 아이에게 달을, 그리고 화성을 약속했다.

상황을 악화시키리라는 걸 뻔히 알면서도 나는 파리를 산책하며 콜랭에게 선물한 모든 것을 큰 소리로 열거했다. 레잔공원의 비둘기(비둘기 수는 던져주는 빵 부스러기의 양에 따라 달라졌다), 뢰이성당 종탑 위의 철제 풍향계, 지붕들 위로 솟은 에펠탑 일부, 앵발리드의 돔지붕, 돔지붕에 칠해진 금가루가 콜랭의 것이었다. 우리가 베르시 다리를 건너던 어느 날 아침, 나는 우리의 작은 집에 장난감 기차를 놓는 대신, 흰색과 옅은 녹색 차량 다섯 대로 이루어진 하늘을 나는 6호선 전철을 콜랭에게 선물했다. 나는 콜랭을 위해 그 6호선 고가 전철에 '하늘을 나는 전철'이라는 이름을 붙여주었다. 당시 아이가 만화영화 〈알라딘〉을 자주 봤기 때문이었다. 열차 두 대가 교차해 지나갈 때면 우리는 각 열차의 마지막 차량끼리 스칠 때까지 기다렸다. 우리 눈에는 막대처럼 길게 늘어난 마시멜로 같았다. 콜랭은 신이 나서 박수를 쳐댔다.

나는 강렬한 할로겐등으로 강둑의 석재들을 아름답게 조명하는 센강의 유람선, 잎맥 같은 노트르담대성당의 측면 장식도 아이에게 선물할 작정이었다. 또한 물위에 성을 지을 수 있게 모래나 고령토를 가득 실은 수송선도 선물하고 싶었다. 심지어 동물원 우리에 갇혀 있는 사자 마르셀도 이빨이 다 빠지면 사주겠다고 약속했다. 아프게 할 생각은 없어도 마르셀이 깨물 수도 있으니까. 내가 선택할 수 있었더라면, 콜랭이 이러한 유형의 종말을, 갈기에 두 손을 묻고 고양잇과 동물에 의한 날쌔고 빠른 죽음을 맞았더라면 좋았을 거라는 생각이 가끔 든다.

벨에르 카페에서 클레르 몽테유 씨는 나를 설득하지 못했다. 생애 처음으로 나는 지나친 사랑 때문에 질책을 들어야 했다.

15
이제 콜랭에 대한 추억은

이제 콜랭에 대한 추억은 들고나는 파도에 끝이 무뎌진 유릿조각 같다. 우리는 모래 위 조개껍데기 틈에서 벨벳처럼 부드럽게 반들거리는 유릿조각들을 발견한다. 유릿조각은 이제 상처를 입히지 않는다. 바다가 부지런히 들고나며 그 불을 끈 후로는 그것을 손가락으로 쥐어도, 오랫동안 들여다보아도, 심지어 뺨에 갖다대도 고통스럽지 않다. 사고 직후에는 이를 악물지 않고는 아들 생각을 할 수가 없었다.

콜랭과 나는 해변을 좋아했다. 대서양이 내지르는 무시무시한 소리와 바람에 주름지는 그 피부를. 바캉스 동안 나는 다시 온전히 아버지가 되려고 애썼다. 두 해 동안 여름마다 랑드 해안 숲에 있는 숙소를 빌렸다. 창문을 통해 하얀 포말로 부서지는 거대한 파도가 보였다. 저녁이면 수평선은 우리의 것이었다. 우리는 가까운 모래 둔덕에 앉아 먼바다를 지나는 배를 찾아내며 놀았다. 여름은 펠릭스로서 살아가기에 내가 가장 좋아하는 계절이었다. 아이와 단둘이 휴가를 즐기는 젊은 아빠가 되어 기분이 좋았다. 식사는 준비하기 쉬웠고, 화창한 날씨는 슬픔을 부추기지 않았다. 삶은 모래사장에서 즐기는 공놀이처럼 단순했다. 나는 우리가 오랫동안 그렇게, 7월의 뜨거운 무사태평 속에서 지낼 수 있으리라 생각했다. 아들에게 배드민턴과 새끼 게 낚시를 가르쳐줬다. 이제 여장은 그만둬야겠다는 생각이 들었다. 그러나 그 훌륭한 결심도 파리로 돌아가면서부터는, 예고된 잿빛 풍경에는 저항하지 못했다.

나는 콜랭이 엄마의 금빛 머리칼을 찾을 경우에 대비해 가방에 엄마 변장 도구들을 보관해두고 있었다. 그런 일은 여름이 끝나갈 때, 낮이 짧아지고 날씨가 서늘해지기 시작할 때 가끔 발생했다. 우리는 저녁식사를 밖에서 간단히 해결했다. 숙소로 돌아가 불을 켜고 모기가 꼬이지 않게 덧창을 닫아야 했다. 우리는 바캉스의 낙원에서, 그 온화한 날씨에서 갑자기 쫓겨나, 집에서처럼 단둘이 마주했다. 그럴 때면 콜랭이 속삭였다. "엄마 보고 싫어." 그러면 내가 거기 있었다.

해변에서 엄마 품에 안겨 있던 남자아이를 봤을 때도 콜랭은 은근한 불안에 사로잡혔다. 콜랭은 말없이 그들을 한참이나 바라보았다. 콜랭은 아들의 머리카락을 쓰다듬는 여자를 쳐다보았다. 그리고 아이에게 다음주면 집으로 돌아갈 거라고, 방의 커튼을 바꿔 달게 했다고, 깜짝 놀랄 일이 기다리고 있을 거라고 말하는 여자의 목소리에 귀를 기울였다.

어느 날, 랑드 바다에서 우리는 물살에 실려 멀리까지 갔다. 파라솔의 오렌지색 차양은 태양 속에서, 수면 위에서 떨리는 작은 점에 지나지 않았다. 다시 해변으로 돌아왔을 때 콜랭은 안아 달라고 칭얼거렸다. 잠시 후, 소금기 밴 이마에 입을 맞추기도 전에 아이는 잠이 들었다. 나는 그 따뜻했던 아이의 배의 감촉을 지금도 간직하고 있다. 차문은 잠겨 있지 않았다. 나는 콜랭을 뒷좌석에 눕히고 공기가 통하게 유리창을 살짝 열어두었다. 그러고는 우리가 자리를 잡았던 아이스크림가게 근처 소나무숲 그늘로 달려갔다. 서둘러 소지품을 챙기고, 파라솔을 접고, 신발 속에 감춰둔 자동차 열쇠를 꺼냈다. 공기에서 송진냄새가 났다.

그 생각이 난 건 나중이었다. 우리는 이미 숙소를 향해 달리고 있었다. 마른 모래와 젖은 모래의 경계에 콜랭의 모래놀이용 양동이, 삽, 갈퀴를 깜빡 잊고 놓고 왔던 것이다. 물위를 걷는 꿈을 계속 이어가기라도 한 것처럼 아이가 바다를 마주보게 나란히 놓아둔 투명한 고무 해파리 장난감들도. 콜랭은 더 멀리, 거대한 능금처럼 빨간 부표 근처에서 수영을 하고 싶어했다. 내 목에 매달린 콜랭과 함께 우리는 물살에 실려 떠밀려갔다. 삽, 양동이, 갈퀴, 투명한 해파리는 까맣게 잊은 채.

이튿날 아침, 카페테라스에서 아침을 먹고 있는데, 신문 기사 제목이 주의를 끌었다. '타마리스에서 발생한 의문의 실종 사건.' 사진에는 인적 없는 해변과 모래 위에 버려진 콜랭의 물건이 찍혀 있었다. 그 조잡한 물건들의 방어 태세에 주눅이 든 듯 파도는 들고나며 그것들을 슬쩍슬쩍 건드리기만 했다. 목격자들은 세 살쯤 되는 아이가 바닷가에서 노는 걸 봤노라고 증언했다. 기동대 책임자는 구조대 사무실로 달려온 부모가 아무도 없다는 사실에 놀라움을 금치 못했다. 사람들을 불편하게 만든 것은 투명한 해파리를 갖고 놀던 아이의 증발보다는 오히려 보호자로 보이는 남자의 침묵이었다. 근처에서 수영하던 한 여자가 사라진 아이는 한 남자와 같이 있었다고 증언했다. 그 남자 역시 파도에 휩쓸려가버린 것일까? "그건 불가능합니다." 기동대 책임자가 자신 있게 말했다. "쌍안경으로 해변을 감시하는 대원들이 몸집이 작은 아이는 놓칠 수도 있지만 성인은 절대 그럴 수가 없습니다." 미미장 소속 헌병대가 수사에 착수했다. 신문 기사는 헌병대가 추측하는 바가 있다고 암시했다. 말하자면 아동 유기 같은.

기사를 보고 나는 구역질이 치밀었다. 그날 즉시, 콜랭에게 양동이, 삽, 갈퀴를 똑같은 걸로 하나씩 사주었다. 색깔만 다른 것으로. 투명 해파리는 모두 팔려나가고 없었다. 그래서 대신 붉은색 해변용 슬리퍼로 만족했다. 우리는 아무 염려 없이 해변에 다시 나갈 수 있었다. 콜랭은 신문 기사에 언급된 실종 아동이 아니었다. 아이는 파도를 마주보고 새로 산 장난감들을 흔들어댔다. 그리고 나에게 삽을 내밀며 자신을 모래로 덮어달라고 졸랐다.

16
누가 초인종을 눌렀다

누가 초인종을 눌렀다. 날이 저물어가는 무렵이었다. 문구멍으로 내다보니 로날드였다. 내 기억들 가운데 빠진 건 이제 그밖에 없었다. 로날드와 스패니얼을 닮은 그의 얼굴. 로날드와 그의 침묵. 그를 아는 사람 중 어느 누구도 그가 무기를, 작은 베레타 권총을 지니고 다닌다는 걸 상상할 수 없을 것이다. 그는 언젠가 나에게 그걸 슬쩍 보여주었다. 지점에 우리 둘밖에 없을 때였다. "만일의 경우에……" 그가 설명 삼아 나에게 말했다. 내가 아무것도 묻지 않았는데도. 그의 아내가 최근에 그를 떠났다. 그의 아파트는 비워졌다. 그녀는 심지어 포장을 뜯은 국수 상자, 그의 조깅복과 44사이즈 남자 운동화까지 가져가버렸다. 그에게 남은 건 주변의 황량함을 돋보이게 하기 위해서인 양 거실 바닥에 덩그러니 놓여 있는 전화기뿐이었다.

그가 일주일 내내 출근을 하지 않은 적이 있었다. 그리고 어느 날 아침, 그는 그의 왼쪽 겨드랑이 아래 자리잡은 마호가니 손잡이가 달린 새 베레타 권총처럼 그후로 그의 얼굴에서 떠나지 않는 미소를 띤 채 사무실에 나타났다. 그날 그가 살면서 가장 싼 값에 이사를 했노라고 말했던 것이 기억난다. 그는 껄껄대며 웃었다. 심장으로 권총의 무게를 느끼면 한결 마음이 놓이는 모양이었다. 발톱을 감춘 고양이처럼 길들여진 죽음과 함께하면 확실히 덜 외롭다. '만일의 경우'를 위한 무기. 나는 그가 사람들 틈에서 우연히 아내와 마주치는 '만일의 경우'를 생각하는지, 아니면 탄창 속의 총알을 자신을 위한 것으로 생각하는지 정말 궁금했다.

로날드는 샹젤리제의 한 동호회에서 사격 연습을 한다. 둥근 표적이나 사람 모양의 판에 대고 조준을 한다. 그는 나에게 같이 가보지 않겠느냐고 제안한 적이 있었는데, 나는 썩 내키질 않았다.

문구멍을 통해 본 그의 얼굴은 일그러져 있었다. 머리는 부활절 달걀 같았고, 눈알은 툭 튀어나온 것처럼 보였다. 내가 소리쳤다. "누구세요?" 그의 목소리가 먹먹하게 들려왔다. "로날드입니다…… 조금 걱정이 되어서요." 나는 뒤로 물러섰다. 그에게 지금도 무기를 갖고 있는지 물었다. 그는 내 질문에 놀란 듯했다. 잠시 침묵이 흐른 후, 그가 더듬거리며 말했다. "아뇨, 음, 네…… 하지만……" 나는 문을 열었고, 그가 들어왔다. 왼쪽 겨드랑이 부분이 살짝 불룩한 것을 보고 그가 여전히 베레타 권총을 지닌 채 살고 있다는 것을 짐작할 수 있었다. 그의 말로는, 총을 쏘는 건 애들 장난이나 다름없었다. 한번은 그에게 권총 다루는 법을 물어본 적이 있었다. 그게 그를 불안하게 만들었던 모양이었다. 그날 이후 내 앞에서 사격 얘기는 두 번 다시 꺼내지 않았으니까. 그후로 지점 일에 쫓기면서도 드물게 짬이 나면, 로날드는 오로지 남자들의 세계만 찾아다녔다. 팡탱의 담배 연기 자욱한 방에서 벌어지는 포커 게임과 복싱 경기를 즐기거나 일요일 오후엔 럭비 팀을 응원하거나, 코냑을 마시거나 같이 한잔할 외로운 아가씨를 찾아 카페를 들락거린다.

로날드는 아내 얘기를 절대 꺼내지 않는다. 그들은 렌인지 낭트인지 아무튼 비가 많이 내리는 도시에서 2년제 사법 전문 학위를 딴 후로 십 년가량을 함께 살았다. 나는 가끔 그보다는 얼굴을 본 적도, 목소리를 들은 적도 없는 그 여자 생각을 더 많이 하는 것 같은 묘한 느낌이 든다.

로날드는 현관에 우두커니 서 있었다. 나는 커피나 마시자며 그를 거실 쪽으로 떠밀었다. 그는 진짜 커피인지 알고 싶어했다. 나는 '순수 아라비카'라고 대답하고는 기계적으로 엘 그랭고 커피의 광고음악 가락을 휘파람으로 불기 시작했다. 그는 못이 박힌 의자에 앉는 고행자처럼 조심스럽게 가죽소파에 앉았다. 나는 그가 큼지막한 쿠션과 소파 이음매 선두름 장식 부분을 만지작거리며 고통스러운 표정을 짓는 걸 보았다. 그의 얼굴 위로 그림자 하나가 지나갔다. 그는 자기 집에도 똑같은 게 있었다고 털어놓았다. 그는 곧 미소를 되찾았다. 그것은 스쳐지나가는 고통, 옆구리 결림과 비슷한 기억통이었다. 가만히 숨을 가다듬으면 차차 잊혀갔다.

로날드는 자신이 권총을 차고 있는지 왜 궁금해했느냐 물었다. 나는 모르겠다고 대답했다. 그는 내 대답에 적잖이 언짢은 듯 보였다. 그는 나에게 사무실 소식을 전했다. 경리과에 젊은 임시직 여사원이 새로 들어와서 많이 바빴다고 했다. 그녀는 맹장염으로 급히 수술을 받은 정규직 사원 대신 일하고 있었다. "마흔이 넘은 나이에 맹장염이라니, 상상이 되세요, 펠릭스?" 그가 나에게 물었다. 나는 고개를 끄덕였다. 나는 콜랭이 나에게 옮긴 유행성이하선염, 수두, 그리고 홍역, 풍진, 감염홍반 같은 내가 제때에 앓지 않았던 다른 질병들에 대해 그에게 이야기할 기분이 아니었다. 난 한 번도 아이였던 적이 없었던 것 같았다. 나는 그냥 견뎌냈다. 아이들이 자주 걸리는 바이러스에 감염될 여유가 없었다. 엄마에게는 이미 근심이 너무나 많았고, 그녀의 삶은 떠나버린 남자가 남긴 공백을 채우는 데 있었다. 혼자가 된 여자의 아들에게는 아이가 될 권리가 없다.

나는 뒤늦게 어린 시절을 살아보기 위해 아들이 태어나기를 기다렸다. 나는 마리가 출산할 때 곁을 지키지 못했다는 사실을 잊지 않았다. 내가 어떻게 잊을 수 있겠는가? 그날은 1999년 12월 29일이었다. 나는 부주의로 뤽상부르공원에 갇히고 말았다. 파리에 부슬부슬 겨울비가 내렸다. 내가 모르는 사이에 경비원들이 철책을 잠가버린 것이다. 사실, 한 여자가 자신의 자식을 낳아주기 직전에 정상적인 상태에 있는 남자는 드물다.

마리는 나에게 미리 말했다. 혼자 아이를 낳고 싶다고, 혼자 악을 쓰고, 혼자 힘을 주고, 배가 다시 홀쭉해지는 느낌을 혼자 느끼고 싶다고. 나는 앞으로 콜랭과—우리는 아이의 이름을 미리 정해놓은 상태였다—계속 함께하게 될 테니까. 앞으로 기나긴 세월을 아이와 함께 살 테니까. 나는 알고 있었다. 그녀는 앞으로의 계획에 대해 충분히 언질을 주었다. 그리고 그렇게 약속이 되어 있었다. 아이가 태어나는 즉시 내 휴대전화로 전화를 걸라고 하겠다고. 그러나 막상 전화벨이 울렸을 때 나는 뤽상부르 공원에 갇힌 신세였다. 그나마 관할 공무원이 공원 관리자를 급파해준 덕에 몇 시간이 지난 후에야 풀려날 수 있었다. 그렇게, 콜랭과 나의 인연은 엇갈림으로 시작되었다.

로날드가 휴가는 어떻게 보내고 있느냐고 물었다. 나는 자세한 얘기는 하지 않고 그냥 "잘 보내고 있다"고 대답했다. 그는 여름이라 일이 지지부진하다고 말했다. 사무실 분위기는 느슨하게 풀려 있었다. 지난 금요일에는 직원들이 점심식사를 하고 세시 반이 넘어서야 사무실로 돌아왔다. 아무리 기다려도 그들이 돌아오지 않자 마틸드가 동네방네 그들을 찾아 나섰다. 결국 캉돌가에 있는 그리스 식당에서 그들을 찾았는데, 그러다 마틸드도 그들 옆에 털썩 주저앉아버렸다. 바깥에는 뙤약볕이 이글거리고 있었다. 로날드가 모두를 위해 셔벗을 주문했다. "그럼 사무실엔 아무도 없었던 건가?" 내가 인상을 찌푸리며 물었다. "물론 있었죠!" 로날드가 변명하듯 말했다. "에릭 샤브르리가 한창……" 그는 말끝을 흐렸고, 내가 이었다. "갈랑드가 건을 검토하고 있었겠지." 로날드의 얼굴이 벌겋게 달아오른 듯했다. 너무 당혹스러워해서 내가 오히려 불편했다. 나는 잔 델벡과 그녀의 아들에 대해 아무것도 묻지 않았다.

커피가 끓었다. 커피잔이 하나도 남아 있질 않아 찻잔에 커피를 따랐다. 커피잔은 나도 모르는 사이에 하나씩 없어져버렸다. 소리소문 없이. 나는 사람들도 그런 식으로 사라진다고 생각한다. 이가 빠지고, 깨지고, 결국에는 돌멩이처럼 홀로 남게 된다. 돌멩이는 사기그릇에 좋지 않다. 어떤 사람들은 유리처럼 깨지기 쉽고, 어떤 사람들은 자갈처럼 단단하다. 살아가기 위해서는 그 모두가 조화를 이뤄야 할 것이다.

나는 로날드가 나에게 달리 뭔가를 말하고 싶어한다고 느꼈다. 그러나 구태여 묻지는 않았다. 그의 작은 권총 말고는 내가 그에게 전혀 관심이 없다는 것을 그도 분명히 짐작했을 것이다. 그는 어색하게 등을 몇 번 탁탁 두드리며 라틴계 사람들처럼 악수한 다음 돌아가기로 마음먹은 듯했다. 나는 그런 식의 작별인사를 전혀 예상하지 못했고, 그래서 균형을 잃고 말았다. 내가 탁자를 붙드는 바람에 찻잔이 타일 바닥에 떨어져 깨졌다. 로날드는 청소를 돕겠다고 했다. 나는 점잖게 그럴 필요 없다고 말했다. 나는 혼자 남아 왼손으로 깨진 사기 조각들을 주웠다. 손을 베이지는 않았다. 그렇지만 피를 많이 흘린 느낌이 들었다.

저녁 일곱시가 다 되어가고 있었다. 잠이 올 때까지 어떻게 시간을 보낼지 궁리해보았다. 나는 잠시 책장 앞을 오락가락했다. 구미가 당기는 책이 한 권도 없었다. 탐정소설이 꽂힌 선반 앞에서 마지막으로 책을 살펴본 다음, 지난달 길모퉁이 꽃가게 옆에 자리를 잡은 비디오 대여점으로 내려갔다. 나는 주인에게 드퓌네스*가 출연한 영화를 모조리 달라고 했다. "'헌병' 시리즈도요?" 나는 "전부요" 하고 대답했다. 그가 황당하다는 표정으로 나를 쳐다보았다. 나는 빈 유모차 손잡이에 기댄 채 서 있었다. 유모차는 비디오카세트를 산더미처럼 쌓아 운반하는 데 유용할 것이다. 사내가 더는 토를 달지 않고 비디오테이프를 유모차에 하나씩 싣기 시작했다. 곧 비디오들이 쌓여 유모차 등받이 꼭대기까지 가득찼다.

어린 시절부터 나는 드퓌네스 영화에 대한 애정이 남달랐다. 내가 그의 영화를 보여달라고 떼를 쓰면 엄마는 질렸다는 표정을 짓곤 했다. 그녀는 눈을 하늘로 치뜨며 잔뜩 짜증 섞인 얼굴로 친구들 가운데 나를 고몽 팔라스 영화관에 데려가 〈파리 대탈출〉이나 〈멍청이〉를 보여줄 만한 사람을 찾아 전화를 돌려댔다. 나중에 나는 루이 드퓌네스가 하는 식으로, 원하는 대로 늘어나

---

* 프랑스 희극배우.

는 상상의 코를 발로 밟은 다음 손으로 죽 잡아당겨 머플러처럼 목에 두르는 척하며 아들의 웃음보를 터뜨린 적도 있었다. 성인이 되어서도 말로 설명할 수 없는 우울감에 젖을 때마다 나를 구해주러 달려온 그 구원자에 대한 애정을 드러냈다. 드퓌네스가 발을 동동 구를 때마다 삶은 점점 살 만한 것으로 변해갔다. 로날드가 가고 난 후 내가 그에게 도움을 구한 것도 바로 그 때문이었다.

셀 수 없이 많은 영화를 본 끝에, 킬킬대며 많은 시간을 보낸 끝에, 나는 약간 어두운 테크니컬러화면을 보면서 일주일이 흘러갔다는 사실을 깨달았다. 또 한번의 일요일이 끝을 향해 달음질치고 있었다. 나는 제목만 봐도 잔뜩 기대되는 〈은행을 폭파시켜라〉와 〈푸익-푸익〉으로 그 일요일을 어렵지 않게 마감할 수 있으리라 생각했다. 알루미늄 가격이 폭락한 걸 알게 된 드퓌네스가 머리카락을 쥐어뜯는 장면이 나올 때 전화벨이 울렸다. 관할 경찰서였다. 걸걸한 목소리로 나더러 펠릭스 마레스코가 맞느냐고 물었다. 바로 그때, 분을 못 이긴 드퓌네스가 정신을 잃고 쓰러졌다. 내가 웃음을 터뜨렸다.

"여보세요! 여보세요!" 걸걸한 목소리가 다시 들려왔다. "거기 마레스코 씨 댁 아닙니까?" 나는 리모컨으로 티브이 볼륨을

낮췄다. 티브이 화면에서 눈을 떼지 않은 채 일요일 밤에 집에까지 전화를 걸어 방해하면 어떡하느냐고 물었다. "우선, 오늘은 일요일이 아니라 월요일입니다." 수화기 반대편 남자가 까칠한 어조로 대꾸했다. "그리고 전 지금 농담할 기분이 아니에요. 대로에서 차에 치여 사망한 아이 건을 수사하고 있는데, 목격자가 한 명도 없거든요. 당신 같으면 이 일이 재미있을 것 같습니까?"

번호를 잘못 눌렀다고 확신한 형사가 전화를 끊으려 했다. 나는 내가 바로 펠릭스 마레스코라고, 나도 웃을 기분이 아니라고, 그가 말한 아이가 바로 내 아들이라고 말했다. 잠시 침묵이 흘렀다. 나는 비디오플레이어를 정지시켰다. 형사가 어색한 어조로 다음날 아침 열한시에 픽퀴스 경찰서로 나와줄 수 있겠느냐고 물었다. 나는 수화기를 내려놓고 침실로 갔다. 티브이도, 등도 끄지 않았다. 나는 옷도 벗지 않은 채로 그대로 침대에 쓰러졌다.

한밤중에 요란한 소리가 잠에 취한 나를 깨웠다. 사람들이 서로 밀쳐가며 호들갑을 떠는 소리가 들렸다. 나는 벌떡 일어났다. 소리는 거실에서 들려왔다. 〈푸익-푸익〉이 혼자서 돌아가고 있었다. 드퀴네스가 또다시 정신을 잃고 쓰러졌다. 그의 석유회사 주식은 이제 휴짓조각이나 다름없었다. 나는 소파에 앉아 그 영화를 끝까지 봤다. 영화가 끝나고 자막에 '친아들' 역으로 소개된 단역배우가 코스티니 씨 젊었을 적 모습과 닮아 보였다. 그에게 이 이야기를 해줘야겠다. 그는 몹시 기뻐할 것이다.

17
경찰서에서 나는 그를 금방 알아보았다

경찰서에서 나는 그를 금방 알아보았다. 전에 변태로 몰려 연행됐을 때 나를 풀어줬던 형사반장이었다. 그를 만나게 되리라고는 예상치 못했다. 그는 전혀 놀라지 않은 기색이었다. 라르티그, 그가 자신의 성을 밝히며 반갑게 악수를 청했다. 불 꺼진 담배가 여전히 그의 입술 사이에 물린 채 늘어져 있었다. 나는 저번에 물고 있던 그 담배냐고 물어보고 싶었지만 참았다. 우리의 첫 만남을 상기시켜봤자 좋을 게 없을 것 같았다. 그는 나를 건물 안뜰에 면한 사무실로 곧장 데려갔다. 열어놓은 창문을 통해 밖에서 유치원 아이들의 소리가 들려왔다. 그가 창문을 닫고 전날 너무 늦게 전화해서 미안하다고 사과했다. 나는 아무 일도 없었던 것처럼 행동했다. 그가 커피를 권했다. 나는 안 그래도 신경이 곤두서 있다고 말하며 사양했다.

라르티그가 얇은 서류철을 펴며 상황에 걸맞은 심각한 표정을 지었다. "제가 아드님 사건을 맡아서 많이 놀라셨을 겁니다. 다들 워낙 바빠서요. 뢰이 경찰서 쪽에서 더는 맡을 수 없다며 저에게 재수사를 해달라고 요청해왔어요. 지난 3개월 동안 진척된 게 전혀 없더군요. 그래서 제로 상태에서 다시 시작해야 합니다."

나는 아무 대답도 하지 않았다. 그가 말을 이었다. "벼룩시장이 파하고 차량 통행이 막 재개되었을 때였던 것 같아요. 어쩐 일로 도로관리과에서 일을 확실히 해서 길가에 주차된 차량은 단 한 대도 없었습니다. 그런데 지나가던 첫번째 차량이 아드님을 치었다는 게, 게다가 동네 주민 중 사건 관련해서 사소한 것이라도 제보하는 사람이 하나도 없다는 게 저로선 도무지 납득이 안 돼요. 말 많은 사람들이 나서서 서로 자기 말이 맞다며 티격태격하는 게 정상이거든요. 물론 한껏 부풀려 떠벌리긴 해도, 그래도 몇 가지 단서를 얻어낼 수 있죠. 그저께는 한 남자가 찾아와 이웃 부부가 가짜 시각장애인이라고 고발했어요. 저녁마다 거실 등을 켠다면서요. 그래서 은밀히 조사해봤더니, 그 부부는 진짜 시각장애인이었어요. 다만 밤이 되어 자신들이 더 짙은 어둠 속에 갇힌다는 걸 상상하면 힘들었다더군요. 사람들이 주변을 얼마나 염탐하는지 일례를 든 겁니다. 그런데 콜랭의 경우에는 아무것도 없어요, 아무것도."

그가 인상을 쓰며 커피를 한 모금 들이켰다. 그는 나에게 눈길을 떼지 않은 채 물었다. "선생님과 전 배우자 되시는 분께서 혹시 빠뜨리신 게……"

나는 그에게 대답할 수 없었다. 그가 나를 계속 응시하며 모두 이해한다고 말했다. "마레스코 씨, 저는 이번 사건 현장에 없었습니다. 선생님 역시 안 계셨고요." 그가 말을 멈췄다. "선생님 역시 안 계셨죠, 안 그렇습니까?" 나는 그의 말을 끊지 않고 계속 내버려뒀다. 그가 무슨 말을 하려는 건지 알고 싶었다. "아무튼 한 가지는 도무지 이해가 안 돼요. 거리는 텅 비고 탁 트여 있었어요. 그런데 사건의 정황을 보면 운전자가 갑자기 인도 쪽으로 핸들을 틀었어요. 그렇게 콜랭을 친 거고요. 도대체 왜 그런 정신 나간 짓을 했을까요? 차량을 통제하지 못할 이유가 전혀 없었는데 말입니다!"

그의 눈길이 내 눈을 파고들었다. 나는 곰곰이 생각해보았다. 나도 모르겠다고 말했다. 반장은 큰 소리로 추론을 이어갔다. "사고 순간 아이 엄마는 진술한 대로 전화 통화를 하느라 아무것도 볼 수가 없었어요. 그녀의 조서를 보면, 차량 모델이나 등록 번호는 몰라도 색깔은 얼핏 본 모양이에요. 운전자의 성별도 아직 확실하지 않고요."

나는 그의 말을 끊고 내 기억에 마리가 어떤 남자에 대해 말한 것 같다고 설명했다. "맞습니다. 하지만 뢰이 경찰서의 동료는 그녀도 100퍼센트 확신은 못하고 있다고 기록해뒀더군요."

나는 특별히 염두에 두고 있는 사람이 있는지 물었다. 내가 숨이라도 좀 돌리길 바라는 듯, 그의 눈길이 살짝 느슨해졌다. 그 수사에서 우린 동맹자였다. 또다시 침묵이 흐른 후, 그가 입을 열었다. "전 오로지 직감만 믿고 안개 속을 나아가고 있어요. 첫번째 가설, 운전자가 의도적으로 콜랭을 치었다. 두번째 가설, 아이 엄마가 운전자를 보았다."

나는 소스라쳤다.

"그러면 마리가 공범이란 말입니까?"

"반드시 그렇진 않아요, 마레스코 씨. 어쩌면 충격을 받은 상태라 명백한 사실을 받아들이기를 거부하고 있는지도 모르죠. 보는 것과 본 것을 받아들이는 일은 별개의 문제니까요. 마리 씨가 유치원 문 앞에서 콜랭을 잘 보살피지 못한 자신을 탓했다는 사실을 떠올려보세요. 아이가 인도 가장자리 블록을 따라 걷는 놀이를 하게 내버려둔 건 막 통행이 재개된 도로라고 해도 신중한 처사는 아니었어요."

"그래서요?"

"그냥 그렇다는 얘깁니다. 블랙홀, 별들의 폭발…… 우주에는 설명할 수 없는 많은 일들이 존재하죠. 전 제 짐작이 옳다고 확신하고 있어요. 그렇지만 증거 없는 확신은……"

나는 대꾸하지 않았다. 유치원 뜰에서 들리던 아이들 소리가 더이상 들려오지 않았다. 반장이 현관까지 날 배웅해주었다. 그가 또다시 나를 집요하게 응시했다. 내가 그의 추론의 빈칸을 메워주길 바라는 것처럼. 내가 문밖을 나서기 전에 그가 말했다. "사실, 선생님께서 저에게 아무 도움을 주지 못한다는 게 저로선 상당히 혼란스럽습니다. 아드님이 의도적으로 살해당했을 수도 있다고 알려드렸는데, 이렇게 별 반응이 없으시다니. 대부분의 부모들은 한시라도 빨리 범인을 잡아다놓으라고 절 들볶았을 겁니다……" 나는 냉랭한 눈길로 라르티그를 쳐다보았다. "제가 찾고자 하는 건 내 아들을 죽인 살인범이 아니라 그 네 살배기 아이입니다, 반장님. 반장님이 신이 아닌 다음에야……"

나는 애써 돌아보지 않고 걸음을 옮겼다. 이륜차 전용 주차장에서 콜랭의 유모차를 꺼내는 나를 보고 그가 무슨 생각을 하든 상관없었다. 유모차에는 아침에 장본 것들, 신선한 야채와 접이식 덮개 위로 불쑥 나온 옛날식 바케트가 그대로 실려 있었다. 집으로 돌아가는 길에 나는 행인들의 눈길을 피했다.

18
우편함에서 발견했다

나는 집으로 들어서다가 우편함에서 마다가스카르에서 온 우편엽서를 발견했다. 사무실에 달랑 엽서만 도착한 것을 마틸드가 나에게 다시 발송해준 것이다. 서명을 해독하는 데 시간이 좀 필요했다. 마침내 이자벨이라는 이름을 재구성해냈을 때, 나는 층계 아래 난간의 둥근 구리 장식에 잠시 몸을 기대고 서 있었다.

이자벨, 나는 그녀를 마리를 만나기 한 달 전에 알았다. 이자벨은 치약 광고에나 나올 법한 눈부신 미소를 가진, 활기가 가득한 여자였다. 비꼬아서 하는 말이 아니다. 그녀의 생기는 정말 부러울 정도였으니까. 그녀가 일주일에 두 번씩 노르망디의 온

천장 소금물 속에서 다듬는 완벽한 몸매에 대해서만 하는 말이 아니다. 이자벨은 운동선수 체질이었다. 그런데 그녀의 활력 때문에 오히려 내 마음은 약간 식어버렸다. 나는 내가 상처받은 여자와 맺어질 운명이라고 생각하고 있었으니까. 분명하게 기억하는데, 1998년 봄이었다. 나는 가벼운 수술을 받고 회복차 바랑주빌 근처의 한 요양소에서 쉬고 있었다. 그녀는 체육관과 수영장을 자주 드나들었다. 나는 기력이 많이 쇠하진 않았지만, 눈을 멀게 할 것 같은 수술실의 강렬한 빛을 경험한 사람이면 누구나 그렇듯 심리적으로 많이 위축되어 있었다.

우리는 금세 친해졌고, 왜 그런지는 알 수 없지만 그녀는 나와 함께 있으면 자주 웃었다. 그러다 그녀는 나를 보면 우디 앨런이 떠오른다고 털어놓았다. 어느 날 오후, 그녀가 흐드러지게 핀 진달래를 구경시켜주겠다며 오래된 영국식 정원으로 날 데리고 갔다. 그녀를 쫓아가느라 숨이 찼고, 산책이 끝날 무렵에는 힘이 들어 그녀의 어깨에 기대기까지 했다. 별로 영광스럽지 못한 그 행동에 그녀는 매료되고 말았다. 나는 그녀의 눈빛에서 당황스러울 정도의 감정을 느꼈다.

파리로 돌아온 나는 우디 앨런의 영화를 보러 갔다. 영화를 보고 나오며 진달래 핀 정원에서의 나의 허약한 모습이 왜 그 미국 영화인과 닮아 보였는지 그 이유를 깨달았다. 얼마 후, 우리는 사무실 근처에서 점심식사를 했다. 이자벨은 환하게 웃으며 나에게 '과거에 정복했던 여자들'에 대해 물었다. 나는 얼버무렸다. 식사를 하는 동안, 그녀는 오랫동안 이리저리 나풀거렸으니 이젠 정착하고 싶다고 털어놓았다. 그것이 나일 수도 있다고는 상상도 하지 못했다. 그녀는 또한 아이를 가질 준비가 된 것 같다고도 말했다. "나 자신을 위해서는 충분히 산 것 같아. 이젠 다른 생명들로 날 채우고 싶어." 나는 대화의 핵심을 피했다. 그 식사가 어서 끝나기를 바랐다. 이자벨은 너무 건강하고 쾌활하고 건전했다. 그녀의 제안을 거절한 걸 나는 한참이 지나서야 후회했다.

계단에 앉아 우편엽서를 읽었다. 물론 이자벨은 콜랭 일을 알지 못했다. 마리의 존재도 몰랐다. 어느 날, 그녀가 사무실로 전화를 걸어 마다가스카르의 한 도시, 당시 이름을 정확히 알아듣지는 못했으나 어쨌든 'ㅗ'와 'ㅏ'가 많이 들어가는 한 도시로 떠난다고 알려왔었다. 그녀는 고가 목재 기업을 경영하는 마다가스카르 출신의 프랑스인 사업가를 만났다. 내가 "그럼 우리는?" 혹은 "가지 마" 같은 말을 했다면, 그녀는 한달음에 달려왔을 것이다. 그러나 나는 침묵이 통화료를 갉아먹도록 내버려뒀고, 그녀는 잠시 후 얼음처럼 차갑지는 않아도 안타나나리보의 기온과는 거리가 먼 어조로 "그럼, 잘 있어!"라고 말했다.

우편엽서에서 이자벨은 9월 초에 귀국할 예정이라는 소식을 전했다. 그녀가 사랑했던 남자는 알고 보니 바람기 많고 폭력적인 사람이었다. 그간에 있었던 일은 만나서 얘기하자고 했다. 그녀는 혼자 돌아오는 건 아니라는 이야기를 이상한 방식으로 덧붙였다. 그녀는 이렇게 썼다. "마다가스카르에서 작은 걸 얻었어."

아프리카 여자들이 아이를 낳았을 때 말하는 방식이었다. 아이 이름은 디에고(잠수함 기지의 도시 디에고수아레스에서 따온 이름이었고, 애 아버지가 거기 출신이다)이고, 파리로 돌아오는 이튿날 만 세 살이 된다고 했다. 내가 와서 함께 촛불을 불어준다면 아이가 몹시 기뻐할 거라고도 했다.

관리실에서 관리인이 불쑥 나왔다. 그녀는 얼마 전부터 창문 커튼 뒤에서 나를 관찰하고 있었다. 눈썰미가 좋아 무엇 하나 놓치는 법이 없는 그녀가 외국 우표를 수집하느냐고 물어보았다. 그렇지 않다면 자기 아들 마뉘엘이 이미 훌륭한 우표 컬렉션을 갖고 있으니…… 나는 그녀에게 엽서를 내밀었다. 그녀가 형식적으로 사양하는 척하더니 넙죽 받아 주머니에 집어넣었다. 층계를 올라가는데, 그녀가 내게 뭐라고 말하는 소리가 들려왔다.

나는 그녀가 뭐라고 했는지 알려 들지 않았다.

이자벨이 나에게 정착하게 됐다면 어떤 일이 벌어졌을지, 하루종일 이 문제를 곱씹어보며 스스로 거미줄에 걸린 파리처럼 느껴졌다. 분명 아이를 가졌을 것이다. 그리고 그녀는 아이를 사랑하는 일을 다른 이에게 넘겨주지 않았을 것이다.

나는 그녀의 아들 생일날 그녀를 만나러 가지 않기로 마음먹었다. 불 꺼진 초에서 나는 냄새가 싫으니까. 나는 〈멍청이〉를 봤다. 날이 어두워진 후에는 아주 오랫동안 그림자놀이를 했다. 그러다 라르티그 반장이 한 말이 떠올랐다. 마리는 그 운전자를 알아봤다. 나는 수화기를 들어 그녀의 전화번호를 누르기 시작했다. 그렇지만 너무 늦은 시각이었다. 지금 전화를 걸어 이런저런 질문을 해댄다면 마리는 밤새 눈을 못 붙일지도 몰랐다. 나는 수화기를 내려놓았다. 문득, 거실 낮은 탁자 위에 놓여 있는 사진 속 잔 델벡의 미소가 나를 향한 것 같은 느낌이 들었다. 나는 그 젊은 여자의 얼굴을 재현해보려다 다시 그림자놀이를 시작했다.

19
사흘 전부터

사흘 전부터 두문불출하며 집안에서만 지냈다. 오늘 아침 고메즈 부인이 우편물을 갖다주면서 그 사실을 알려주었다. 평소 그녀는 우편물을 문 앞 발깔개 위에 놓고 갔다. 나는 씩씩거리는 숨소리와 점점 가까워지는 발소리를 듣는다. 방해하길 원치 않는 하나의 그림자. 그런데 이번에는 그녀가 벨을 눌렀다. 문을 열까 말까 망설이자, 그녀가 큰 소리로 자기 이름을 대며 막 구운 크루아상을 가져왔노라고 했다. 식사다운 식사를 한 기억이 가물가물했다. 내가 머뭇거리며 한 손을 내밀었다. 그녀는 나에게 더 필요한 건 없느냐고, 이층 의사를 불러주길 원하느냐고 물었다. 진료중에 잠시 짬을 내 올라와줄 거라며. 나는 고맙다고 인사를 했다. 그녀를 걱정시키고 싶지 않았다. 그녀는 능히 이 사실을 건물 전체에, 내가 우편함 앞에서 마주쳐야 간신히 인사 정도 나누는 이웃들에게까지 알릴 사람이었다. 그러면 연민에 찬 그들의 눈길에, 어서 기운을 차리라는 인사말에, 가볍게 식전주 한잔하자는 말에, 심하면 저녁식사 초대에 일일이 답해야만 할 것이다.

고메즈 부인은 여름 날씨가 화창하니 나가서 바람이라도 쐬면 기분이 나아질 거라며 외출을 권했다. 나는 미소를 지어 그녀의 충고에 고마움을 표하고 싶었다. 그러나 나는 극지의 추위 속에서 얼음을 깨고 나아가는 쇄빙선처럼 말없이 그녀 앞에 서 있었다. "차라리 날씨가 흐려지면 좋겠어요"라고 말했다면 그녀는 어떻게 생각했을까?

뭔가 조금 먹고 나니 식욕이 돌아왔다. 나는 억지로 외출을 했다. 랑데부가의 청과물가게까지 걸어갔다. 레일라가 있는지 살폈다. 젊은 점원이 나에게 산딸기 한 팩을 내밀었다. "아저씨 드세요." 그가 내 손에 팩을 쥐여주며 말했다. 그는 애써 유모차를 쳐다보지 않으려 했다. 나는 레일라가 아이를 낳았느냐고 물었다. "아직요." 블라이드가 대답했다. "지금 남편하고 런던에 가 있어요." 그가 웃었다. 그들 부부 소식을 전할 수 있어 기쁜 기색이었다. 나는 깜짝 놀라 말했다. "런던요? 저한테는 아무 말 없었는데……" 점원은 내가 실망했다고 생각한 눈치였다. 나는 고개를 저으며 유모차 때문이라고 말했다. 그리고 이걸 레일라에게 선물하고 싶었다고 덧붙였다. 블라이드가 고마움을 표했다. "정말 고맙지만, 아이의 유모차는 선생님이 갖고 계신 게 나아요." 내가 이유를 알고 싶어하자, 그는 그저 같은 말을 반복했다. "그게 나아요."

나는 아무것도 사지 않은 채 집으로 돌아왔다. 산딸기 한 팩을 들고 건물 로비에 들어서서 그것을 고메즈 부인의 관리실 앞에 내려놓았다. 승강기 단추를 누르는 순간, 어디선가 트럼펫 가락이 들려왔다. 나는 사로잡힌 듯 숨을 멈췄다. 소리는 이미 희미해진 후였다. 아마도 홍보 차량에서 흘러나온 서커스 음악인 듯했다. 그뤼스 서커스단이 뱅센 지역에 서커스 천막을 치기라도 한 모양이었다.

그 경쾌한 가락이 나를 이 년 전의 기억으로 이끌었다. 콜랭과 나는 로날드가 빌려준, 리지외 인근의 마을 초입에 위치한 시골집에서 만성절 방학을 보내고 있었다. 장작불을 때고 똑딱거리는 시계추 소리를 들으며 하루하루가 느릿느릿 흘러갔다. 콜랭이 그림을 그리는 동안 나는 아궁이 속에서 장작이 타들어가는 소리에 귀를 기울였다. '메그레 형사' 시리즈 한 권을 읽는 데 푹 빠진 나의 관심을 끌기 위해 아이는 끊임없이 애를 썼다. 가방 속에는 엄마 의상 한 벌이 잠들어 있었다.

나는 간편 요리 책을 가져갔다. 콜랭과 함께 있을 때는 생활 속의 사소한 일들까지도 통제하는 인상을 주고, 예상치 못한 일들을 즐거운 축제로 여기고, 강해지고, 모든 것을 할 줄 알고, 손가락 사이로 휘파람을 불고, 풍선을 분 다음 바람이 도로 빠지지 않도록 적절한 순간에 잽싸게 검지를 빼내 풍선을 묶고, 파스타 그라탱을 만들고, 속이 촉촉한 오믈렛을 준비해야만 했다. 또한 수많은 버섯들의 이름, 또는 윗입술을 당겨주는 역할을 하는 입속 살의 이름("정답은 소대. 콜랭, 그걸 입술 소대라고 불러." 나는 아쥐라 보험과 협력 관계인 성형외과의사에게 물어보기까지 했다)도 알아야만 했다.

어느 날 아침, 나는 빵가게에서 돌아오는 길에 가로등 기둥에 잔뜩 붙은 작은 전단지들을 보았다. 임박한 서커스 공연을 알리는 전단지였다. 공연은 그날 저녁 성당 광장에서 단 한 번만 열렸다. 나는 콜랭에게 데리고 가기로 약속했다. 하루가 산뜻하게 시작되고 있었다. 한 시간 한 시간이 열에 들뜬 기다림 속에서 흘러갔다. 괘종시계가 울릴 때마다 콜랭이 물었다. "이제 가는 거야?" 그리고 외투를 꿰어입는 순간, 아이가 두 눈을 반짝이며 나에게 속삭였다. "엄마도 데려갈까?"

나는 불길 속에서 뒤틀리는 오렌지 껍질을 바라보고 있었다. 콜랭이 졸랐다. 고집불통의 작은 이마가 철없는 말들을 밀어내며 내 머릿속에 박아넣고 있었다. "아빠, 엄마도 데려가자, 응?"

날은 이미 어두웠다. 나는 급히 면도를 하고 메릴린 가발을 썼다. 어쨌거나 나는 이 마을 사람이 아니었다. 콜랭은 좋아 어쩔 줄 몰랐다. 우리는 가벼운 발걸음으로 서커스 공연장으로 향했고, 손전등의 빛줄기로 물웅덩이를 비췄다. 비가 내리고 있었다. 오후 내내 확성기로 선전했는데도 사람들을 많이 불러모으지 못한 모양이었다. 아이들 대여섯 명이 귀를 먹먹하게 만드는 심벌즈 소리에 얼이 빠진 엄마의 팔을 잡아끌며 바람에 날리는 작은 천막 아래 자리를 잡았다. 아빠 둘도 아이를 위해 자신을 희생했다. 그리고 스스로 콜랭의 아빠인지, 엄마인지, 아니면 둘 다인지 더는 알 수 없었던 나까지.

관중이 긴 의자에 반쯤 듬성듬성 자리를 잡고 앉았다. 나는 웃으려고 애썼다. 그러나 축축하게 젖은 머캐덤 바닥 위에 그대로 설치해놓은 둥근 무대를 보니 서커스단이 허접하다는 사실을 곧 깨달았다. 무대 중앙까지 깔린 얇은 붉은색 리놀륨 깔개는 새어

들어오는 찬바람도, 아이들에게 큰북 소리에 따라 박수를 치라고 부추기는, 확성기를 통해 흘러나오는 찢어지는 목소리도 잊게 만들어주지 못했다. 그 모든 게 즐거운 분위기를 만들어내진 못했지만, 적어도 나는 약속을 지켰다. 우리는 서커스에 와 있었다.

조명 때문에 내 분장이 탄로날 위험은 없었다. 전체적으로 너무 어두워 첫번째 쇼가 시작되었을 때 보기에도 딱한 재주를 부리는 조랑말의 눈을 겨우 짐작할 수 있었으니까. 콜랭이 웃었다. 조랑말에 이어 나온 라마는 오줌냄새를 심하게 풍겼고, 사회자가 침을 뱉을지도 모른다고 소개하는 바람에 라마가 지나갈 때마다 아이들이 뒤쪽으로 부리나케 도망쳤다. 콜랭은 나를 관찰했다. 나중에, 내가 다시 펠릭스가 되었을 때, 아이는 라마에게 침세례를 받을까봐 엄마가 얼마나 무서워했는지 내게 이야기해 줄 것이다.

그런데 문제가 생긴 것은 관객에게 골탕을 먹여 웃음을 자아내는 어릿광대 아무개가 입장하면서부터였다. 희생자를 선택하는 데 오래 걸리지 않았다. 딸아이가 신이 난 눈길로 지켜보는 가운데 멜빵바지를 입은 한 남자가 핀조명에 걸려들었고, 화려한 메릴린 차림의 내 모습이 그 뒤를 따랐다. "여기 있어, 금방 올 테니." 예상치 못한 납치 상황에 적잖이 당황한 콜랭에게 내가 말했다. 머뭇거리는 나를 본 광대가 날 때리려는 시늉을 했다. 콜랭은 이제 웃지 않았다. 아이는 자리에서 몸을 비비 꼬며 심각한 표정으로 내게서 한시도 눈길을 떼지 않았다. 몇 안 되는 관객이 다시 박수를 치기 시작했다. 광대의 쇼에 그토록 조마조마했던 건 그때가 처음이었다. 서커스단이 집 근처를 지나가도 절대 나를 데려가지 않았던 엄마가 확실히 옳았다.

광대가 호들갑을 떨며 이래라저래라 소리를 질러댔다. 사랑 이야기를 몸짓으로 표현하라는 소리였다. 멜빵바지 차림의 남자는 무릎을 꿇고 줄리엣에게 사랑을 고백하는 로미오가 자기 역할이라는 걸 알아차렸다. 줄리엣은 바로 나였다. 빗발치는 광대의 명령에 당황한 가엾은 로미오가 나를 껴안으려고 급히 일어서다가 균형을 잃고 축축하게 젖은 리놀륨 바닥 위에서 미끄러지고 말았다. 그가 얼떨결에 붙잡은 것은 내 가발이었다. 다행스럽게도 내가 반사 신경을 발휘해 최후의 순간에 가까스로 그를 붙들었고, 그 덕에 가발이 벗겨지는 불상사는 일어나지 않았다. 그렇지만 콜랭은 깜짝 놀란 표정 그대로 굳어 있었다. 다른 아이들, 결코 콜랭의 친구가 되지 못할 아이들은 깔깔대며 웃었다. 훌륭한 코미디언이라며 광대는 웃다못해 뜨거운 눈물까지 흘렸다. 분장이 벗겨진 내 모습을 보게 될까 두려움에 사로잡힌 콜랭도 눈물을 흘렸다. 아무리 달래도 울음을 그치지 않았다.

공연의 클라이맥스인 유아용 롬퍼스를 입고 재주를 부리는 코끼리 쇼를 구경하기도 전에, 아이들에게 솜사탕을 나눠주는 시간이 되기도 전에, 콜랭은 집으로 돌아가길 원했다. 아이는 어서 엄마를 되찾고 싶어했다. 아이는 나의 아름다운 금발이 조금 전 똥 묻은 조랑말과 역겨운 냄새를 풍기는 라마가 지나간 무대에 떨어지는 걸 견뎌내지 못했을 것이다. 그 비밀은 우리만의 것이었다. 그런데 하마터면 우리를 완전히 파괴하고 말았을 폭소와 함께 그 비밀이 탄로날 뻔했던 것이다.

우리는 도망치듯 공연장을 빠져나왔다. 올 때보다 어두웠는데도, 아들은 정원 풀숲에 잠시 쪼그리고 앉았다 일어나 빗물이 뚝뚝 떨어지는 데이지 몇 송이를 엮어 나에게 내밀었다. "선물이야, 엄마"라는 말과 함께.

나는 머릿속에 한순간 화르륵 불이 붙을지도 모르는 생각들을 가득 담은 채 이제 사막이나 다름없는 커다란 소파에 앉아 있다. 내 가발과 마리의 머리카락에서 나던 과산화질소 냄새를 떠올렸다. 똑같은 냄새. 금발 가발을 고쳐 쓰며 다음날 곧바로 떠날 거라고, 집으로 돌아갈 거라고, 초콜릿무스를 만들어주겠다고 약속하며, 좀처럼 울음을 그치지 않는 콜랭을 달래던 나 자신을 떠올려본다. 달걀 흰자로 머랭을 한 번도 만들어본 적이 없는데 어떻게 할 작정이었을까? 슬픔이 우리의 숨통을 틀어쥐고 있었다. 한없이 넓은 대륙이었다. 우리가 어딜 가든, 나는 슬픔이 우리를 뒤쫓고 있는 느낌이었다. 슬픔은 주변을 둘러싼 공기와 같은 것이었다. 슬픔은 우리가 숨쉬는 공기를 가득 채웠다. 삶은 음울하고 황량했다. 빈자리를 채우려다, 곳곳에서 마리를 찾으려다, 분을 만들어내듯 마리를 만들어내려다, 재만 남겨놓을 위험이 있었다.

지난 기억들이 소파를 온통 차지했다. 불행에 피난처를 마련해주며 불행을 견뎌내보려 한 내가 잘못이었다. 불행은 그것을 악용한다.

어린 아들을 손으로 어루만지며 쏟아내는 넘치는 사랑에 대해 일갈하는 몽테유 선생의 목소리가 또다시 들리는 듯하다. "물론 무심하고 이기적인 괴물 같은 부모들 밑에서 자라는 운이 없는 아이들도 있어요. 하지만 마레스코 씨, 오냐오냐하며 아버님의 목소리와 몸짓을 통해 전해지는 그 과도한 애정도 긍정적이진 않아요. 제 말 믿으세요, 아버지가 아들을 꼭 껴안고 '아이고, 내 새끼' 하며 속삭이는 말은 아이를 벼랑 끝으로 내몰 수도 있어요."

나는 다시 티브이를 켰다. 여전히 거대한 황사 구름 이야기를 하며 새로운 피해 지역을 일일이 열거했다. 방글라데시, 인도, 네팔. 솜이불 같은 그 거대한 슬픔의 덩어리는 지상의 온갖 찌꺼기들로 가득했다. 화력발전소에서 완전히 연소되지 않은 먼지, 카라치의 자동차들이 내뿜은 매연, 과연 내일이 살아갈 가치가 있는 것인지 알지 못하는 수십억 인간의 우울감, 나는 기꺼이 그들과 합류할 것이다. 해설자가 1952년 겨울 내내 런던을 뒤덮었던 짙은 안개 이야기를 꺼낸다. 잿빛 안개가 집안에도, 영화관에도 스며들었다고 한다. 영화관 맨 끝에 앉은 관객들은 화면에 나오는 이미지도 식별하지 못할 정도로 짙은 안개가. 할 수만 있다면, 1952년 12월의 런던으로 가고 싶다.

20
라르티그가 나에게 요청했다

라르티그가 나에게 오전 아홉시까지 경찰서에 들러달라고 요청했다. 그는 이번에도 불을 붙이지 않은 담배를 문 채 나를 기다리고 있었다. 사무실 커튼을 통해 비치는 하늘이 시들어 보였다. 나는 아침부터 내리쬐는 뙤약볕 때문에 집에서 나서길 망설였다. 뜨거운 햇살이 도랑에 고인 물과 왈라스 식수대의 돔지붕 위로 쏟아지고 있었다. 라르티그가 내가 그곳에 가야 하는 이유를 한 가지라도 댔다면 기분이 훨씬 나았을 것이다. 어떻게 보면, 나는 세상 그 어디보다 안전한 장소인 경찰서에 와 있었다. 내 눈에도 나 자신이 하나의 수수께끼가 되어버린 듯했다. 내 정신은 온통 모호함에 사로잡혀버렸다. 어쩌면 아시아에서 몰려온 황사 구름의 한 조각인지도. 나는 혼자였다, 의심의 여지 없이. 불행이 곁을 지켜주었지만, 그와 있으면 더 외로웠다.

반장이 새 담배를 담뱃갑에 도로 집어넣었다. 그 담배는 오늘을 위한 것이 아니었다. 그가 빙하기에서 서서히 깨어난 사람처럼 살짝 미소를 지어 보였다.

"아이 엄마와는 얘길 나누는 게 여전히 불가능하군요. 두 번이나 소환 요청을 했는데도 묵묵부답이에요."

"그건 저도 어쩔 수 없을 것 같군요."

나는 그의 얼굴이 그토록 뾰족한지 미처 몰랐다. 그토록 창백한지도.

"어쨌거나 절 계속 괴롭혀대는 건 바로 그 운전자입니다." 라르티그가 말을 이었다. "어제, 아버지 차를 슬쩍해서 파리 시내에서 광란의 질주를 벌인 열일곱 살짜리 소년이 체포됐어요. 물론 운전면허증은 없었고요. 운전을 완벽하게 하는데 면허증 따위가 왜 필요하냐며 빈정거리듯 자기변호를 늘어놓았다더군요."

"그게 콜랭과 무슨 상관이 있죠?" 내가 물었다.

"전혀 없습니다. 단지 운전대를 잡을 일이 없는 청소년을 포함해서, 누구에 의해서든 사고가 났을 수 있다는 걸 말하고 싶었어요. 근데 마레스코 씨, 차 없으시죠?"

"예, 반장님. 면허증은 있지만 차는 없습니다."

"저도 그렇게 알고 있습니다. 수사에 진척이 없어서 죄송하군요. 새로운 게 나오면 즉시 알려드리죠."

그걸로 끝이었다. 나는 곧바로 일어나지 않았다. 멍하니 앉아 있는 나를 본 라르티그가 억센 손으로 사무실 문 쪽, 출구로 통하는 복도로 나를 이끌었다. 몸을 기댈 유모차가 필요했다. 나는 반장이 날 더 붙잡을 만한 뭔가를 찾아내려 애썼다. 어느 가을날 가족묘지 발치에 떨어져 있는 굵은 밤을 줍기 위해 콜랭과 함께 페르라셰즈 공동묘지를 기습했던 일, 아니면 봄에 나무딸기가 고개를 내밀 즈음, 가시덤불에 점령당한 레장글레 길의 한적한 벤치에 앉아 따뜻한 몸을 서로 기댄 채 꾸벅꾸벅 졸았던 일을 말해야 했는지도. 그런데 그런 이야기로 형사 반장의 관심을 끌 수 있었을까?

콜랭은 그 정글을 '공원'이라 불렀다. 아이는 우선 우편함처럼 생긴 불우이웃돕기 기부함에 동전 하나를 집어넣었다. 그리고 우리는 죽은 이들에게 별 주의를 기울이지 않은 채 트리스탄과 이졸데에 버금가는 '전설적인 연인들'의 무덤과 '광대' 아실 자바타의 묘석 사이를 돌아다녔다. 나는 시간과 망각에 의해 지워져버린, 무덤에 새겨진 글자를 해독해 피델린, 바질레트와 같은 이름들을 아이에게 알려주었다. 콜랭은 그런 것에는 아예 관심이 없는 듯 고양이들 뒤만 졸졸 쫓아다녔다. 하지만 집에 돌아오자마자 아이는 나에게 피델린과 광대 자바타를 다시 보러 갈 거냐고 물었다.

나는 콜랭에게는 낯설기만 한 사람의 무리, 즉 가족들에게도 데려갔다. 부서진 기하학적 도형을 그리는 묘지의 길을 돌아다니며 성姓에는 거의 신경을 쓰지 않았다. 중요한 것은 성에 이어지는 낱말, 하나의 세상과 같은 낱말, 가문 같은 말이었다. 바로 가문, 랑베르 가문, 샤시뇽 가문…… 나는 긴 설명을 시작했다. 계통, 가지, 사촌, 숙모, 작은 씨앗, 흐르는 시간, 그리고 맨 끝에 위치한 죽음. 너무 걱정하진 마, 까마득히 멀었으니까. 아이는 고개를 끄덕였다. 그리고 이해했다는 걸 보여주려고 자기 가족을 열거했다. 아빠, 마리, 톰과 제리, 부엌의 라디오 아저씨. 아이는 잠시 생각 끝에 피델린과 바질레트, 그리고 광대 자바타를 추가했다. 외아들치고 그 정도면 괜찮은 편이었다.

어느 날 콜랭이 비앵브뉘*라는 성을 발음했던 기억이 난다. '지하철의 아버지'라며 콜랭 앞에서 딱 한 번 이야기한 적이 있었다.

---

* Fulgence Bienvenüe(1852~1936). 프랑스 엔지니어. 파리 지하철을 고안했다.

그런데 아이는 그걸 기억했고, 그 성을 자신의 것으로 삼았다. "비앵브뉘Bienvenue! 비앵브뉘!"* 뜻밖의 쾌활한 목소리에 어리둥절해하는 페르라셰즈 묘지의 방문객들에게 콜랭은 이렇게 외쳐댔다. 내 뜻에 따라 베르시 다리를 지나는 6호선 전철의 상속인이 된 콜랭은 그 거대한 전기 기차의 아버지와 자신의 관계를 가슴에 새겼다. 자리가 부족하진 않았다, 내 아들의 가슴속에는.

라르티그가 나에게 인사를 했다. 그에게 나는 더이상 관심의 대상이 되지 못했다.

나는 격렬한 현기증을 느꼈다. 똑바로 걸으려고 애쓰는 중에도 모든 것이 빙글빙글 돌아가기 시작했다. 나는 이런 식으로 발작이 시작된다고 들은 적이 있는 다발경화증을 떠올렸다. 뇌종양을, 뇌출혈이기를 바랐다. 나는 제일 먼저 나를 찾아온 치명적인 질병의 품에 기꺼이 뛰어들었을 것이다.

* 프랑스어로 '환영합니다'라는 뜻이다.

21
오후에

오후에 뤽상부르공원으로 갔다. 식물원 종려나무들이 분수대 주변에 배치되어 있었다. 모형 배 대여소의 부인이 아직 가게 문을 열지 않았지만, 분수대는 이미 작은 모터보트들이 점령하고 있었다. 자라서도 어른이 되지 않는 기술을 가진 사람들이 멀리서 그 배들을 조종했다. 다리가 후들거리는 것 같아 나는 콜랭의 유모차에 몸을 의지했다.

작달막한 키에 쇠공놀이용 챙모자를 쓴 한 노인이 자갈 깔린 산책로를 따라 절뚝거리며 분수대를 향해 다가오고 있었다. 가장 먼저 눈에 띈 것은 그의 콧수염, 프랑스식 정원처럼 바싹 깎아 반들거리는 하얀 수염이었다. 그는 화려하게 색칠한 긴 잠수함을 두 손으로 받쳐들고 있었다. 쳐다보는 것만으로도 구멍이 날세라 산책하는 사람들의 호기심 어린 눈길을 끌지 않기 위해 조심하는 기색이었다. 어깨에 멘 긴 천 가방에서 남색 모직 양탄자가 불쑥 튀어나와 있었다. 일단 분수대 가까이 도착하자, 그는 시멘트 가장자리에 양탄자의 한쪽 자락을 폈다. 반대편 자락은 먼지가 잔뜩 쌓인 자갈밭을 덮었다. 노인은 분주하게 움직였다. 콧수염 아래로 분홍색 혀끝을 살짝 내민 채. 그는 남색 양탄자에 무릎을 꿇고 양팔을 앞으로 짚은 다음 잔물결에 눈높이를 맞췄다. 수면에 그의 미소가, 악동의 미소가 비쳤다. 그는 잠수함놀이에 열중했다.

키 작은 노인은 한참 동안 엎드려 있었다. 이윽고 그가 시멘트 돌출부를 짚고 몸을 일으키더니, 알록달록한 단추들이 달린 리모컨을 손에 쥔 채 잠수함이 보내는 작동 신호, 여기저기서 떠오르는 기포를 살폈다. 그가 나에게 신경을 쓰는 것 같지 않았기 때문에, 나는 그만의 놀이 세계를 엿보는 게 흥미로워 말없이 관찰하고 있었다.

난 그가 나를 못 본 줄 알았다. 하지만 오리들의 은신처를 목걸이 모양으로 에워싸는 기포에서 눈을 떼지 않은 채, 그가 불쑥 나에게 모형 배들에 관심이 있느냐고 물었다. 나는 유모차를 가리키며 아들이 관심이 많았다고 대답했다. 그는 빈 유모차를 보고도 전혀 놀라지 않는 기색이었다. 어느 정도 나이를 먹으면 저마다의 방식으로 어린 시절로 되돌아간다고 생각하는 눈치였다. 아니면 잠수함 배터리를 걱정하느라 아무 생각도 하지 않았을 수도. 모형 잠수함으로 중앙 분수 발사대를 우회하려다가 두 차례나 실패한 후에, 그는 나에게 어느 쪽으로 공원을 나설 거냐고 물었다. 그는 내가 잠시 망설이는 틈에 잘됐다고, 자기도 나와 같은 길로 나갈 거라고 선수를 쳤다. 그러고는 남색 양탄자를 돌돌 말아 천 가방에 집어넣었다. 그가 잠수함을 유모차에 올려놔도 되겠느냐고 물었다. 기느메르가의 철책까지만이라도. 나는 그러라고 했다. 그는 아주 조심스럽게 잠수함을 유모차 등받이에 수직으로 기대어 놓았다. 콜랭을 유모차에 앉힐 때만큼이나 정성껏 그를 도와 유모차 벨트를 채웠다. 우리는 걷기 시작했다. 노인은 길을 터주려는 것처럼 나보다 조금 앞서갔다. 그가 끊임없이 돌아보았다. 나는 그가 유모차를 향해 힐끔힐끔 던지는 황홀한 눈길을 보았다. 내 아들의 귀여운 얼굴을 봤더라도 그의 눈이 그토록 빛나지는 않았을 것이다. 기적적인 순간이었다. 나는 걸음을 늦추며, 신발에 돌이 들어갔다는 핑계를 대며, 그 순간을 가능한 한 오래 끌었다. 나중에는 거의 서 있다시피 했다. 몇백

미터를 걸어오는 동안, 그 잠수함 조종사는 내 어린 아들을 되살려놓았다.

철책에 도착해 나는 그에게 집까지 같이 가주겠다고 제안했다. 그는 기꺼이 그러고 싶지만 너무 폐가 될까봐 부담스러워하는 눈치였다. 그가 물에 불어 쭈글쭈글해진 손을 내밀며 내 이름을 물었다. 나는 곧바로 대답하지 않았다. 나는 손을 들어 잘못을 저지른 아이처럼 입가로 가져갔다. 노인이 부드럽게 다시 물었다. "자네 이름이 뭔가?" 살짝 미소를 지으며 내가 속삭였다. "콜랭이요."

22
나는 결국 엄마가 되었다

나는 결국 엄마가 되었다. 그것도 아주 행복한. 나는 콜랭과 함께 마리 없는 겹겹의 나날 속에 몸을 웅크렸다. 나는 나만의 엄마 레퍼토리를 훌륭하게 소화해냈다. 그리고 그것을 더욱 풍성하게 만들었다. 남부럽지 않은 자신감도 얻었다. 서커스 공연장에서 겪은 낭패는 잊힌 지 오래였다. 나는 저녁마다 아이에게 아빠와 엄마 중 누굴 원하는지 물었다. 아이에게 결정을 맡겼다. 처음에는 아이가 나를, 펠릭스를 선택해주길 바랐다. 그러나 아이는 곧바로 엄마를 찾았다. 정확하게 말해, 마리가 아니라 내가 연기하는 엄마, 무엇이든 받아주고, 펠릭스나 마리도 결코 보이지 못했을 인내심을 발휘하는 금발 여인, 아버지의 서투름도, 짜

증도, 울컥 치미는 화도, 그리고 생모의 차가운 거리감도 없는 새로운 존재를.

나는 엄마 역할에 재미를 붙였다. 아빠 역할보다 그게 더 좋았다. 콜랭이 이미 깊은 잠에 빠졌는데도 계속 여장을 하고 있을 때도 있었다. 콧노래를 흥얼거리며 집안을 돌아다녔다. 차분하고 평온하게. 걸음을 옮길 때마다 풍성한 머리카락이 요동치는 걸 느꼈다. 나는 홀로 이중 역할을 잘해내기 위해 필요한 몸짓들을 익혀갔다. 한밤중에 잠에서 깬 콜랭이 소리쳐 부르면, 아이에게 즉각 달려가 이렇게 말할 수 있었다. "엄마 여기 있어, 푹 자." 잠결에도 나는 그 역할에 푹 빠져 있었다.

가끔, 보험업자로서 양복 차림으로 귀가할 때면 콜랭과 보낼 기나긴 밤, 아이의 침묵, 애원의 눈빛이 문득 두려워질 때가 있었다. 그러면 나는 아이에게 의견을 묻지 않았다. 곧장 침실로 달려가 문을 걸어 닫고, 몇 분 후 번개 같은 속도로 욕실을 지나—이제 내 변신 솜씨는 놀라울 정도였다—눈부신 엄마로 거듭났다. 콜랭은 달려들어 내 품에 안겼다. 아이는 좋아 어쩔 줄 몰랐다. 내가 펠릭스로서 할 줄 몰랐던 모든 것, 두려워했던 모든 것이 엄마가 되었을 때는 너무나 간단해 보였다. 나는 가슴을 부풀리는 스펀지 돌출부 뒤에서 보호받고, 금빛 머리칼 속에 눈빛을 숨기며, 이 넉넉한 옷 속에서 더 편하게 호흡했다. 말과 몸짓들이 저절로 배어나왔다. 나는 나 자신의 두번째 본성을 발견했다. 콜랭의 엄마인 나는 다른 사람이 되어 있었다. 나는 나 자신을 사랑했다.

날씨가 좋은 계절에는 변신이 애들 장난만큼이나 쉬웠다. 나는 팔을 뒤덮고 있는 검은 털을 감추기 위해 폴로셔츠와 반팔 셔츠를 삼가고 긴소매 셔츠를 계속 입었다. 그건 사서 하는 고생이 아니었다. 심지어 한여름에도. 난 내 팔을 여성적으로 보이게 하는 가는 손목이 늘 마음에 들지 않았다. 유리처럼 약해서 어릴 때 걸핏하면 부러졌던 발목 역시 별로 달갑지 않았다. 거리에 나가면 갑자기 나타난 장애물에 다리가 걸려 넘어질까봐 다른 사람들과 멀찍이 떨어져 걷는 버릇이 있었다. 날이 추울 때는 늘 발목이 시큰거려 고생했다. 카잘타 박사는 정강이뼈부터 무릎 관절까지, 내 뼈가 비정상적으로 약하다고 말했다. 어느 날 아침 사무실에서 로날드가 슬개골을 전혀 못 쓰는 나를 발견하고 내 별자리를 물었다. 나는 "염소자리" 하고 대답했다. "굽히기 싫어하는 별자리네요." 로날드가 말했다.

봄이 오자마자, 난 샤워한 후에 다리에 멘톨향 크림을 잔뜩 바르고 면도를 했다. 손잡이가 투명한 비너스 면도기, 새턴 같은 부드러운 피부를 원하는 여자들이 즐겨 찾는 모델을 사용했다. 나는 허벅지를 뒤덮은 무성한 털 사이로 퍼런 정맥을 드러내는 하얀 도로를 뚫었다. 처음으로 면도했을 때가, 모세혈관의 그물망이 피부 위에 푸른색, 연보라색, 붉은색 흔적을 확연하게 그려놓는 걸 봤을 때가 기억난다. 그 광경은 나에게 충격으로 다가왔다. 잠시 동작을 멈추고 내 눈앞의, 오로지 여자들만 알던 비밀을 쳐다보았다. 여자들의 관능은 아주 섬세한 영역이었다.

사무실 여직원들끼리 따뜻한 밀랍을 이용한 무통 제모 방식의 장점에 대해 이야기하는 것을 엿듣다 나는 결국 설탕으로 하반신 제모를 해주는 여자가 있다는 바르베스대로의 가게로 찾아갔다. 처음에 그녀는 나를 비웃는 표정으로 쳐다봤다. 그녀가 내 설명을 곧이곧대로 받아들였는지는 확신할 수 없다. 수영을 열심히 해보려 그런다고 더듬거렸으니까.

4월부터 9월까지 한 달에 한 번꼴로, 나는 눈을 감은 채 따뜻한 물로 머리를 감겨주는 손길을 느낄 때보다 훨씬 더 강렬한 쾌감에 빠져들었다. 다리를 매끈하고 반들거리게 다듬은 나는 콜랭을 데리고 바가텔 놀이공원이나 샤투 근처의 센강변으로 피크닉을 갈 때 두려움 없이 하늘하늘한 원피스를 입을 수 있었다. 나중에 나는 가는 비단실로 제모를 하는 나이든 이집트 여자 얘기를 듣고 아부키르가에 위치한 그녀의 가게도 찾아갔다. 그녀의 테크닉은 완벽했지만—그녀는 다시 자라난 털을 기록적인 속도로 제거했다—나는 얼마 안 가 바르베스대로로 돌아갔다. 나에겐 가는 비단실보다 설탕 제모가 잘 맞았다. 나는 점차 관능에 심취해가는 내 모습을 발견했다. 오로지 펠릭스였던 시절, 나는 관능에 무감각한 남자였다.

내 변신에 대해서는 아무도, 아무것도 몰랐다. 엄마의 사랑을 받고 싶어 안달이 난 콜랭만 빼놓고. 그렇지만 아이는 그런 이야기를 하기에는 너무 어렸다. 나는 나중에 아이도 이해할 거라고 생각했다. 함께 그 일을 떠올리며 웃을 날이 있을 거라고. 그것은 우리만의 비밀로 남을 것이다. 나는 많은 것들을 희망했다, 마리가 돌아오기 전까지는.

23
연휴 어느 날 아침

크리스마스 연휴 어느 날 아침, 누군가 초인종을 눌렀다. 나는 늦잠을 잤고, 오기로 한 사람이 없었기 때문에 아직 면도도 하지 않은 상태였다. 콜랭이 후다닥 달려나갔다. 아이는 자물쇠를 어떻게 여는지 알고 있었다. "엄마"라고 부르는 아이의 소리가 들렸다. 아이는 내가 아니라 불 꺼진 층계참을 배경으로 또렷한 실루엣을 드러내는 금발 여인에게 말하고 있었다. 콜랭이 이번에는 소리를 질렀다. "엄마!" 그 순간, 나는 내가 막 잃어버린 모든 것을 떠올렸다. 콜랭이 그 말을 다른 누군가에게 했다는 것은 이제 내 가발, 원피스, 스펀지 공, 알록달록한 머플러들이 곧 폐기되어야 한다는 걸 뜻했다. 갑자기, 나의 여장 도구들이 전부 기괴한 것으로 변해버렸다. 그것들을 통해 행복을 맛보았던 나 역시도.

"아이를 위해 돌아왔어." 마리가 설명했다. 나는 그것이 훌륭한 이유가 된다는 사실을 받아들였다. 그들은 거실에서 함께 놀았다. 나는 멀찍이 떨어져 있어야 하는지, 아니면 그들의 놀이에 끼어들어야 하는지 알 수가 없었다. 콜랭은 마리를 집어삼킬 듯 바라보았다. 미래를 헤아려보기라도 하는 것처럼, 갑자기 그 미래가 얼마나 멋진지 깨닫기라도 한 것처럼, 홀린 듯 마리를 바라보는 아이의 눈이 반짝거렸다. 그녀의 목덜미에는 날 때부터 작은 반점이 있었다. 콜랭의 목덜미에 있는 것과 똑같은 핑크색 반점이.

나는 마리에게 허를 찔렸다. 그녀가 다시 나타날 조짐은 전혀 없었다. 이 년 전부터 그녀에게서 아무 소식도 없었다. 처음에는 나도 기다렸고, 그녀가 돌아오길 약간은 바랐다. 그러나 나중에는 이렇게 지내는 게 더 낫다고 확신했다. 나는 콜랭에게 생모가 있다는 사실을 잊고 지냈다.

이튿날, 나는 마리가 신문 귀퉁이에 급히 적어준 휴대전화 번호로 전화를 걸었다. 그녀는 카페에 있는 듯했다. 주변의 음악소리와 웃음소리 사이로 간간이 들려오는 웅성거림과 그녀의 목소리가 거의 구별되지 않았기 때문에 나는 말 한 마디 한 마디를 반복하며 소리를 질러대야 했다. 허공에 대고 말을 하는 것 같은 느낌이 들었다. 내 말소리가 잘 들리지 않으니 대화를 위해서 그녀는 거리로 나와야만 했다. "그러니까 내 말은 내가 모든 걸 차지하려고 온 게 아니라는 거야." 차분하게 말하려고 애쓰며 마리가 항변했다. 난 콜랭에게 얼마나 큰 충격이 될지 생각해봤느냐고 물었다. 그녀가 반박했다. "콜랭에게, 아니면 당신에게?" 나는 그녀가 떠난 이후 우리의 생활을 토막토막 이야기해줬다. 얼마나 자주 콜랭을 안심시키고, 신뢰감을 주고, 무료함을 달래줘야 했는지. 물론 변신에 대해서는 침묵을 지켰다. 나는 그렇게 우리 앞에 불쑥 나타난 그녀를 받아들이기가 쉽지 않다는 걸 납득시키고 싶었다. 그러나 그녀는 어떤 식으로든 반론을 펼칠 수 있었다. "난 그애가 금방 익숙해질 거라고 확신해. 어제 나한테 매달리는 걸 당신도 봤잖아……" 나는 '그애'라고 말하는 그녀의 방식이 마음에 들지 않았다.

마리가 콜랭을 데려간 날, 내 존재가 사라지는 기분이었다. 그 둘은 내가 비집고 들어갈 틈이 없는 기포 속에 틀어박혔다. 물론 의도한 건 아니겠지만, 그들이 날 비웃는 것처럼 보였다.

우리는 콜랭을 돌보는 날을 분배했다. 첫 주부터 콜랭은 끊임없이 마리를 찾았다. "엄마 보고 싶어!" 이제 아이는 진짜 가슴, 진짜 금발을 가진 진짜 마리를 찾았다. 내 금발도 진짜 머리카락이었는데. 그러나 콜랭에게 그런 것은 조금도 중요하지 않았다. 나는 아이를 원망하지 않으려고 애썼다.

콜랭은 일부 세 살경의 아이들에게 찾아오는 일종의 사춘기를 겪고 있었다. 그런 시기의 아이들은 극단적인 모습을 보였고, 나중에 어떻게 변할지를 가늠해볼 수 있게 해주었다. 나는 도드슨의 책 『양육하기』를 오래전에 장만해두었다. 화재 사건 다음날, 잿더미로 변한 잔 델벡의 아파트에서 뒤적였던 것과 같은 판이었다. 그녀의 아들 브누아 역시 때 이른 사춘기를 겪은 게 분명했다. 그녀가 줄을 쳐놓은 구절들이 내가 책에서 읽고 또 읽었던 구절과 같았으니까. 도드슨은 부모들에게 끈기를 가지라고, 단호하고 이해심 많은 태도를 보이라고 충고했다. 그 시기는 일반적으로 아이가 아이로 남을 것인지, 아니면 성장할 것인지를 놓고 혼란스러워하는 아주 짧은 기간이었다.

교대 양육이 곧 시작되었다. 엄마 집에서 처음 밤을 보내고 온 콜랭은 내가 던지는 자잘한 질문에 고집스럽게 침묵으로 대응했다. 나는 아이가 우리가 해오던 대로 해달라고 말해주길 바라며 몇 분 동안 욕실에 틀어박혀 있었다. 나는 수염을 말끔하게 깎았다. 정성 들여 손질한 메릴린 먼로 가발을 썼고, 봄가을용 원피스를 입었다. 가슴에 스펀지 공을 집어넣었다. 늘 그래온 것처럼.

헛된 기대는 내가 거실로 나가기 전까지만이었다. 거실에 있던 콜랭은 나를 보자 폭소를 터뜨렸다. 내가 몸을 기울이는 틈에 아이가 예상 밖의 힘으로 가발을 잡아당기더니 소리를 지르며 허공에 던져버렸다. 따귀 소리가 그 소란 한가운데에 울려퍼졌다. 나는 생각했다. 마리가 떠났을 때와 마찬가지로 그녀가 돌아왔을 때도 그 여파는 그렇게 콜랭의 얼굴에 벌건 자국으로 남게 되는 모양이라고. 나는 스스로 통제하려 하지 않았다. 우리는 서로 적이었다.

아이는 반항하는 눈길로 나를 쳐다보았다. 나는 아이가 마리에게는 고분고분하고 살갑게 군다는 걸 알고는 낙담했다. 발치에 던져진 금발 가발, 스펀지 가슴을 지나치게 압박하며 몸에 꼭 끼는 원피스, 그리고 내 손을 근질거리게 하는 펠릭스로서의 힘을 지닌 나는 진정한 나 자신이 아니었다. 마리가 돌아오자 콜랭은 날 아버지라는 수렁으로 되돌려보냈다.

이틀 후, 마리 집에서 또 하룻밤을 보낸 콜랭은 내가 엄마 차림으로 나타나도 그냥 잠자코 있었다. 그동안 얼마나 숱한 나날 아이는 욕실 문 앞에 숨죽이고 서서 "엄마! 엄마!"라고 외치며 내 품에 달려드는 그 순간을 기다렸던가. 그날 밤, 난 아이의 침실로 갔다. 아이는 작은 책상 앞에 앉아 말없이 색칠놀이를 하고 있었다. 나는 아이 곁에 앉았다. 아이는 나를 쳐다보지 않은 채 아기는 어떻게 만들어지는지 물었다. 나는 내가 찾아낸 가장 진부한 설명을 해주었고, 아이는 미심쩍어했다. 그 전날 마리에게 똑같은 질문을 했던 것일까? 아이는 반항하는 표정으로 내 눈을 똑바로 쳐다보며 자기를 뱃속에 품고 있었을 때 나는 어떤 기분이었냐며 캐물었다.

나는 콜랭이 내 집에서 자는 밤들이 두려웠다. 마리 집에서 자는 밤들 역시. 내가 놀이를 제안할 때마다, 한때 집안에서 일상적으로 했던 숨바꼭질이나 종이접기놀이를 할지 물어볼 때마다 콜랭은 싫다고 대답했다. 그 말이 입에 붙어버렸다. 늘 싫어, 어디서나 싫어, 내 원피스들도 싫어, 나의 애정표현도 싫어. 침대에 누워 이야기를 들려주고 "잘 자"라고 말하기 전에 소파에서 벌이는 장난도 싫어, 싫어, 싫어, 또 싫어. 내가 너무 가까이 다가가면 아이는 나에게 발길질을 해댔다.

그 힘든 시기에 로날드는 소중한 동료였다. "힘들어도 꾹 참고 기다려보세요." 그는 말했다. "내기를 걸어도 좋아요. 보름도

안 돼서, 부활절 방학이 되기도 전에, 콜랭이 달려올 겁니다." 그는 조심스럽게 문을 닫은 다음 내 사무실에 잠시 머물렀다. 나는 사무실 유리벽 너머 다른 사람들에게는 전혀 티를 내지 않으려고 애썼다. 로날드는 나를 지지하고 격려해줬다. 그는 젊은 유망주에게 다음 라운드에 더 힘을 내 싸우라고 용기를 주는, 과거의 숱한 경기로 코가 일그러진 권투 코치 같았다. 그러나 나는 내 그림자를 향해 주먹을 날릴 뿐이었다. 나는 실추한 어머니, 허깨비 같은 아버지였다. 사실대로 말하자면, 나는 더이상 아무것도 아니었다.

콜랭이 마리와 지낼 때면 나는 매 순간 침묵과 콜랭의 텅 빈 침실을 무사히 지나치기 위해, 다림질을 하려고 쌓아놓은 빨랫더미 위로 굴러다니는 아이의 장난감과 옷을 못 본 척하기 위해 핑곗거리들을 찾았다. 길에서 아이의 웃음소리와 울음소리를 듣는 것조차 나에겐 힘겨웠다. 식당에 갈 때마다 종업원들이 커피와 함께 가져다주는, 암청색 포일로 싼 네모 납작한 초콜릿을 습관적으로 챙겼다. 그리고 그걸 주려고 콜랭과 재회하는 순간을 기다렸다. 마리가 며칠 연속 아이를 데리고 있는 경우가 있었다. "콜랭이 떼를 써서." 그녀는 변명하듯 말했다. 나는 초콜릿 조각들을 까맣게 잊고 있었다. 결국엔 완전히 으깨져 손가락 끝에 묻어나는 초콜릿들을 주머니에서 하나씩 꺼내야 했다. 나는 더러운 기분으로 손을 씻으러 갔다. 메어오는 목을 가다듬느라 짜증이 났다.

점심식사를 하러 나가지 않은 어느 날, 로날드가 다가와 말했다. "나랑 가요." 우리는 그가 새로 구입한 붉은색 트윙고에 앉았다. 그는 도시순환도로 쪽으로 차를 몰았다. 이어 뱅센숲 쪽으로 나갔고, 우리는 말 한 마디 나누지 않고 꽤 오랜 시간 동안 숲속을 거닐었다. 그날 밤 온몸이 쑤실 정도로 지쳐 아무것도 생각할 수가 없었다. 나는 세 살 반짜리 아이에게 버림받은 후 처음으로 혼곤한 잠으로 채워진 밤다운 밤을 보냈다.

로날드는 퇴근 후 자신의 트윙고를 나에게 자주 빌려주었다. 그는 내가 교외로 나가 머리를 식히려는 것이리라 생각했기 때문에 선뜻 허락했다. 짧았던 미행의 시기가 그렇게 시작되었다. 밤 여덟시경, 나는 마리 집 창문이 보이는 길 건너편에 차를 주차시켰다. 스웨덴 빵으로 만든 샌드위치를 먹어가며 기다렸다. 잠복중인 형사처럼. 가끔 창문에 실루엣 하나가 지나갔다. 때로는 마리였고, 때로는 콜랭, 콜랭의 그림자였다. 나는 아파트의 노출된 부분, 길 쪽으로 나 있는 부엌, 식당, 거실에서 아들의 움직임을 좇으려고 애썼다. 아이의 침실은 건물 안뜰 쪽에 있어서 나로서는 볼 수 없었다. 나로서는 아이가 금세 잠들었는지, 아니면 날 찾았는지, 이야기의 끝을 결코 알 수 없었다. 나는 마리와 아이의 일상의 조각들을 훔쳤다. 그리고 내 상상력으로 빠진 부분들을 채웠다.

나는 자정까지 그곳에 머물렀다. 집안의 등이 완전히 꺼질 때까지 기다렸다. 그런 다음 집으로 돌아가는 게 마음이 편했다. 나는 콜랭과 함께 온 것처럼 행동했다. 텅 빈 집에서 큰 소리로 아이에게 말을 걸었고, 아이가 좋아하는 노래를 불렀다. 아이 방에 불을 켜두었고, 오르골의 태엽을 다시 감았다. 나는 없는 아이를 만들어내며 시간을 보냈다. 그런 다음에야 가슴속의 응어리가 풀렸다. 현존과 부재를 구별하게 하는 건 아무것도 없었다. 나는 아이가 옆방에 잠들어 있다고 믿었다. 아이의 고른 숨소리가 들려오는 것만 같았다.

난 한 번도 트윙고를 소유해본 적이 없었다. 하지만 트윙고가 출시되었을 때 나왔던 광고는 기억하고 있었다. 한 대 장만할까 하는 생각이 들게 만들었던 광고 문구도. '당신에게 어울리는 삶을 직접 만들어가세요.' 나는 마리를 내 옆에, 콜랭을 뒷좌석에 앉혔을 것이다. 우리는 새 차를 타고 즐거이 달리는, 크레용으로 그린 광고 속의 인물들 같았을 것이다. 그 차는 우리를 위해 만들어진 것 같았다. 결국 나는 트윙고는 가족다운 진짜 가족들이 몰도록 내버려뒀다.

24
많이 늦은 시각이다

많이 늦은 시각이다. 그런데 도대체 몇시나 됐을까? 괘종시계의 시곗바늘은 여전히 하늘을 가리키고 있다. 눈꺼풀 아래로 이미지들이 미끄러진다. 자기 집 문 앞에 서 있는 코스티니 씨가 보인다. 또한 잔 델벡과 아들 브누아의 사진이 보인다. 사무실 사람들은 차마 나에게 전화를 걸지 못했다. 어제, 난 에릭 샤브르리와 통화를 시도했다. 마틸드가 내 전화는 받지 말라고 지시했을 것이다. 전화기에 분명 내 번호가 뜰 테니, 벨이 울리게 내버려두기만 하면 된다. 그러나 그들 중 어느 누구도 내가 신문을 읽는 것은 막을 수 없었다. 시신 두 구가 생루이섬, 강둑 아래쪽에서 발견되었다. 곳곳에 칼 또는 뾰족한 물건에 찔린 상처가 있었다. 찌른 건 아이였을까, 엄마였을까? 아니면 모르는 사람? 수사는 이제 막 시작되었다. 신문에 실린 사진은 수색 전단에 실렸던 것이었다. 나는 뒤엉킨 몸들을, 치명적일 정도로 서로를 향해 웅크린 잔과 브누아를 상상한다. 난 그 모든 상처가 고슴도치의 짓일 거라고 생각한다.

늘 똑같은, 한 가지 생각이 뇌리를 떠나지 않는다. 마리가 돌아오지 않았다면 콜랭은 여전히 여기 있을 것이다. 다른 것에 집중하는 게 더 낫겠지만, 라디오 건전지가 나가버려서 아시아 황사 얘기는 더이상 들을 수가 없다. 마리가 돌아오지 않았다면 콜랭은 여전히 여기 있을 것이다……

25
태양은 이미 뜨거웠다

눈을 떠보니 태양은 이미 뜨거웠다. 나는 소파 위에 웅크린 채 옆으로 누워 있었다. 뺨에 소파 가죽 주름이 그대로 찍혀 있었다. 시곗바늘은 미동도 않고 똑같은 시각을 가리키고 있었다. 나는 천천히 몸을 일으켰다. 급할 게 없었다. 딱딱한 물건을 깔고 잔 것처럼 허벅지에 가벼운 통증이 느껴졌다. 로날드가 베레타를 놓고 간 것일까? 쿠션을 치우고 살펴봤지만 아무것도 없었다. 바지 주머니에 손을 넣자 금속 받침돌 같은 것이 만져졌다. 브누아 델벡의 장난감, 주석 도금한 금속 카우보이 인형이었다. 기껏해야 3~4센티미터를 넘지 않는 인형은 허리춤 가까이에 양팔을 벌리고 있었다. 손바닥 위에 세워놓고 쳐다보고 있자니, 카우보이가 금방이라고 총을 뽑을 것 같은 느낌이 들었다.

이미 내다놓았다고 생각했는데, 쓰레기로 가득한 봉투들이 현관문 앞에 쌓여 있었다. 냄새는 전혀 나지 않았다. 나는 가까이 다가가 내 엄마 분장의 잔해들을 하나하나 살펴보았다. 그러다 아무 생각 없이 내용물을 바닥에 흩어놓기 시작했다. 모래색 혹은 에메랄드색 날염 원피스, 블라우스, 스타킹, 탱탱한 공, 긴 가죽 재킷, 머플러, 햇살 아래 폭포수처럼 흘러내리는 금발 가발이 이루는 패치워크. 거기 발 앞에 놓여 있는 것이 내 일생일대의 배역이었다. 마리가 돌아올 때까지, 엄마로서 실수 한 번 없었던 600회 이상의 공연.

나는 옷 몇 벌, 마스카라, '붉은 애무' 립스틱을 도로 챙겼다. 메릴린 먼로 가발, 어깨 부분이 불룩한 퍼프소매의 흰 블라우스도 주워들었다. 그리고 욕실로 갔다. 나는 속으로 되뇌었다. '마지막이야.' 뜨거운 물로 샤워를 하며 면도기를 집어 천천히 면도를 했다. 긴 작별인사와도 같은 일이었다. 면도날은 발목에서 무릎 위까지 거침없이 미끄러져 올라왔다. 나는 손가락 끝으로 매끈한 피부를 쓸어보았다. 그리고 얼굴로 넘어갔다. 손이 떨렸다. '이번이 마지막이야.' 나는 낮은 목소리로 되뇌었다. 빛이 들지 않는 욕실에서 면도와 화장을 깔끔하게 해내는 건 쉬운 일이 아니었다. 나는 몰두했다. 완벽한 모습이고 싶었다. '붉은 애무'가 입가에 살짝 번졌지만 고쳐 바르지 않았다. 나는 가발을 쓰고 정성 들여 천천히 매무새를 가다듬었다. 엄마가 된 내 모습을 보는 것은 사고 이후 처음이었다.

그런 다음, 잠에서 깨어났을 때의 내 빰만큼이나 구겨진 푸른색 리넨 원피스를 걸치고, 브래지어 속에 스펀지 공을 집어넣었다. 굽 낮은 구두들이 모카신 옆에 가만히 놓여 있었다. 나는 한 짝씩 차례로 맨발에 구두를 신었다. 마지막이었다. 침실 거울을 보며 꼼꼼하게 점검한 후, 층계를 내려갔다. 잔 델벡과 그녀의 아들 사진을 손에 쥔 채. 그리고 그것을 건물 안뜰 쓰레기통에 버렸다. 그들의 이야기는 이제 나와는 상관이 없었다. 난 내 어린 아들의 일에 신경써야 하니까.

지나가는 사람들이 나를 돌아본다. '붉은 애무'를 너무 진하게 바른 모양이다. 아무렴 어때. 거의 도착했다. 라르티그의 사무실이 지척에 있었다. 수사는 답보 상태이고, 그는 콜랭의 엄마를 몰랐다. 나는 나를 소개할 것이다. 안녕하세요, 반장님, 제가 바로……

사고가 난 날, 나는 로날드의 트윙고를 몰았다. 마리와 콜랭이 서로 손을 잡고 유치원 앞에 나타났다. 나는 우선 그들을 몰래 엿보기 위해 멀찍이 떨어진 곳에 차를 세웠다. 그런데 그들의 깍지 낀 손을 견딜 수가 없었다. 잠시 후 그들이 손을 놓았다. 마리의 전화벨이 울렸던 것이다. 아니, 전화를 건 것은 내가 아니었다. 콜랭이 혼자 종종걸음을 쳤다. 아이는 태평스럽고 가벼워 보였다. 아이가 배수로를 따라 폴짝폴짝 뛰어가는 순간, 나는 시동을 걸고 가속페달을 힘껏 밟았다. 그리고 핸들을 꺾어 내 어린 아들을 치었다. 그날 나는 오늘과 똑같은 옷을 입고 있었다. 리넨 원피스, 새하얀 블라우스, 입술을 너무 진하게 칠한 엄마 차림. 그날 날씨는 너무나 화창했다.

에릭 포토리노는 『붉은 애무』(2004년 아카데미 프랑세즈 프랑수아 모리아크 상, 2005년 장클로드 이초 상 수상), 『코르사코프 증후군』(2004년 프랑스 텔레비전 상, 2005년 프랑스 서점 대상 수상), 『영화의 입맞춤』(2007년 페미나상 수상)을 통해 한부모 슬하에서 자란 개인의 내면, 그가 겪는 정체성 혼란, 부재의 드라마를 집요하게 파고드는 작가다. 그런데 국내에 소개되는 『붉은 애무』를 통해 우리 독자에게 인사말을 건네는 작가의 어조가 무척 조심스럽다. 그 심정이 충분히 헤아려지는 것은 『붉은 애무』가 심금을 울리는 감동적인 이야기인 동시에 전통 사회가 민감하게 반응할 수 있는 금기의 위반, 그리고 상상하기 힘든 파국을 담고 있는 충격적인 소설이기 때문이다. 출간 당시 프랑스 현지에서도 격앙된 어조로 추문을 외치는 독자들이 있었을 정도로. 도대체 어떤 이야기이기에?

『붉은 애무』는 우선 부재, 결핍에 관한 이야기다. 가정을 지탱하는 고리가 끊어지고 자리 하나가 비어버린다. 불을 내고 실종되었다가 부둥켜안은 채 시신으로 발견되는 잔 델벡과 브누아 모자, 폭삭 늙어 아예 할머니처럼 보이는 루이즈의 엄마, 아내에게 버림받은 후 늘 베레타 권총을 차고 다니는 로날드(누굴 쏘려고?), 아빠와 엄마의 자리를 넘나들다 결국 파국에 이르고 마는 펠릭스까지, 소설은 전통적 가정의 해체로 우리 사회에서도 양산되고 있는 한부모 가정, 빈자리를 메우지 못해, 벌이와 양육을 홀로 감당하지 못해 삶을 힘겨워하는, 그래서 간혹 포기하기도 하는 한부모들로 넘쳐난다. 그들의 처지는 잔 델벡의 어깨에 새겨진 고슴도치 문신으로 상징된다. 서로 함부로 다가갈 수 없고, 힘껏 껴안을수록 고통만 커지는.

『붉은 애무』는 또한 과잉에 관한, 지나치다못해 결국 광기에 이르고 마는 사랑에 관한 이야기다. 새처럼 훌쩍 날아가버린 마리, 엄마 없이 홀로 콜랭을 키우는 펠릭스, 엄마의 빈자리를 메우려는 그의 애틋한 노력도 아이의 고집스러운 외침("엄마 보고 싫어!") 앞에서는 무력하기만 하다. 그래서 그는 말 그대로 엄마가 '된다'. 자신을 버린 엄마, 콜랭을 버린 마리보다 훨씬 이상적인 엄마가. 그리고 결국 그 엄마를 사랑하게 된다. 펠릭스의 옷장 한쪽을 채우는 엄마 의상과 치장물들은 지나친 사랑의 등가물이다. 지나치다는 것은 채우고 남는 것, 버려지는 것을 뜻한다. 따라서 마리가 돌아오는 즉시 엄마-펠릭스는 쓰레기처럼 버려지고 만다.

결국 끔찍한 재앙이 닥쳐온다. 유난히 화창했던 그날, 유치원 원장의 지적처럼 너무 큰 사랑이 아이를 죽이고 만다. 콜랭을 치고 뺑소니친 운전자는 남자였을까, 아니면 여자였을까?

후기를 쓰는 지금, 나에겐 허공에 걸린 채 불꽃의 붉은 애무에 반쯤 타버린 사진 속 잔 델벡의 미소, '붉은 애무'를 짙게 바르고 '마지막으로' 엄마 차림을 한 채 경찰서로 향하는 펠릭스의 모습, 그리고 자기 눈을 파내고 스스로 유배의 길을 떠나는 오이디푸스의 이미지가 자꾸만 겹쳐진다.

이상해

지은이 **에릭 포토리노**

1960년 프랑스 니스에서 태어났다. 프랑스 일간지 르몽드사에 입사해 기자로 일했고, 2008년부터 2010년까지 르몽드그룹을 이끌었다. 1991년 첫 장편소설 『로셸』을 발표했다. 대표작으로 『아프리카의 심장』, 프랑스 서점 대상과 프랑스 텔레비전 상 수상작 『코르사코프 증후군』, 프랑수아 모리아크 상과 장클로드 이초 상 수상작 『붉은 애무』, 페미나상 수상작 『영화의 입맞춤』 등이 있다.

옮긴이 **이상해**

1960년 부산에서 태어났다. 한국외국어대학교와 동 대학원 불어과를 졸업하고 프랑스 스트라스부르대학, 릴대학에서 박사 과정을 수료했다. 현재 한국외국어대학교에서 프랑스 문학과 번역을 가르치고 있다. 『어느 섬의 가능성』 『머큐리』 『시라노』 『낭만적 영혼과 꿈』 『되풀이』 『지옥 만세』 『11분』 『베로니카, 죽기로 결심하다』 『악마와 미스 프랭』 등을 우리말로 옮겼다. 『여황 측천무후』로 제2회 한국출판문화대상 번역상을 수상했다.

문학동네 세계문학
붉은 애무

초판 인쇄 2019년 6월 18일 | 초판 발행 2019년 6월 28일

지은이 에릭 포토리노 | 옮긴이 이상해 | 펴낸이 염현숙

책임편집 김미혜 | 편집 오동규
디자인 강혜림 이원경 | 저작권 한문숙 김지영
마케팅 정민호 정진아 함유지 김혜연 박지영 김수현 | 홍보 김희숙 김상만 이천희 오혜림
제작 강신은 김동욱 임현식 | 제작처 한영문화사(인쇄) 경일제책사(제본)

펴낸곳 (주)문학동네
출판등록 1993년 10월 22일 제406-2003-000045호
주소 10881 경기도 파주시 회동길 210
전자우편 editor@munhak.com | 대표전화 031) 955-8888 | 팩스 031) 955-8855
문의전화 031) 955-8862(마케팅) 031) 955-8860(편집)
문학동네카페 http://cafe.naver.com/mhdn | 트위터 @munhakdongne
북클럽문학동네 http://bookclubmunhak.com

ISBN 978-89-546-5615-3 03860

www.munhak.com